ハヤカワ文庫 SF

〈SF2036〉

宇宙英雄ローダン・シリーズ〈509〉

ベッチデ人とハンター

クルト・マール

小津 薫訳

早川書房

7667

PERRY RHODAN

AUF DEN SPUREN DER BRUDERSCHAFT

DIE BETSCHIDEN UND DER JÄGER

by

Kurt Mahr

Translated by
Kaoru Ozu
First published 2015 in Japan by
HAYAKAWA PUBLISHING, INC.
This book is published in Japan by
arrangement with
PABEL-MOEWIG VERLAG GMBH
through JAPAN UNI AGENCY, INC., TOKYO.

目　次

ベッチデ人とハンター

兄弟団を探して

クルト・マール

登場人物

サーフォ・マラガン **ブレザー・ファドン** **スカウティ**	…………ベッチデ人のもと狩人
ケーリガン……………………	《トリストム》第一艦長。クラン人
キルソファー…………………	同乗員。クラン人
クラツェンス…………………	商人。クラン人
ネリドゥウル…………………	彫刻家。プロドハイマー＝フェンケン

1

〝ちりん〟という音を聞いたとき、サーフォ・マラガンは忍耐が報われたと思った。ハッチのポジトロン錠を開ける音だ。それには複雑なつくりの鍵を使わなければならないが、見知らぬ侵入者は手練《てだ》れだった。わずか数秒しかかかっていない。サーフォがかくれ場からのぞくと、開いた高くせまいハッチの隙間から光が洩れていた。真っ暗な手荷物室のなかで、ハッチがぼんやりとしたグレイに浮きあがって見えた。

クラン人のシルエットが見えた。身長は三メートルをこす。ハッチがふたたび閉まり、照明がともった。まぶしくて、暗闇に慣れていたサーフォの目に涙がにじんだ。クラン人はあたりを見まわし、探していたものを見つけた。箱形容器を荷物の山から無造作にひっぱりだす。山が崩れた。その音は外からは聞こえなかったにちがいない。防音ハッチだからだ。

た。クラン人は容器をデスクの上に押しやり、錠を調べた。サーフォはじっと見つめていた。そのようすから見て、こういう仕事に習熟しているらしい。サーフォは驚いた。クラン艦隊の兵士がプロの押しこみ、盗人だというのか？　あっという間に容器の蓋は開いた。クラン人はなかに手をつっこんだ。最初にとりだしたのは四角い布。そこには惑星キルクールの森の相思鳥《そうしちょう》が、色とりどりの羽根と刺繍で表現されていた。サーフォが《アルサロム》に乗艦する前に、ドク・ミングの妻イザベルから贈られたものだった。

介入する潮時だ。

「蓋を閉めて、もとにもどせ」サーフォはいった。

クラン人は身をこわばらせた。急いで動くのは危険だとわかったらしい。背中にショック銃の薄青い銃身がつきつけられていたのだ。

「だれだ？」クラン人は言葉を押しだすようにいった。

「きみが盗もうとした品物の持ち主だ。さ、もどすのだ！」

「盗むつもりでは……」

引き金がかちりと音をたてた。クラン人はあわてて蓋を閉め、たくましい腕で荷物の山をもとにもどした。最後にハッチのほうを向き、肩を落としてきいた。

「で、どうするのだ？」

「名前は？」と、サーフォ・マラガン。

「キルソファー」

「よし、キルソファー。わたしに興味があるらしいから、どこに居室があるかも知っているのだろう。これから、そこへ行こう」

*

二日前、補給艦《トリストム》は惑星カーセルプンを出発した。艦にはベッチデ人三人が乗っている。地位からすると新入りだが、どううけとめていいのか、だれもくわしくはわからなかった。かれらのことは、カーセルプン基地の指揮官から《トリストム》第一艦長ケーリガンの手にゆだねられていた。ケーリガンがどういうことを聞かされているのか、艦内のだれも知らない。だが、第一艦長の接し方から見て、この三人には新入りという地位をはるかにこえる重要性があるらしいと、察しがついていた。

三人のうち、リーダーはサーフォ・マラガンというがっしりした若い男だ。連れは、ブレザー・ファドンという男と、スカウティという女。いずれも若い。古参のクラン人のなかには、これほど優遇されるには若すぎるのではないかとの見解を持つ者もいた。とはいえ、サーフォ・マラガンが権威を帯びていることはまちがいなく、それから逃れるのは容易ではなかった。

サーフォはこの権威をたのみにしてケーリガンを説得し、《トリストム》のコースを、惑星クランの方角にもっとも近い艦隊ネストに決めさせようとした。ケーリガンは承諾したものの、その前にまず、ふたつの前哨地に飛び、そこで積み荷をおろしたあとで、サーフォの希望を顧慮しようと答えた。

ケーリガンの気乗り薄な対応に、サーフォが満足したかどうかは、わからない。希望をより強く主張できる好機を待つつもりかもしれなかった。いずれにしても、いま、交渉は休止の状態だった。

じつは、サーフォはある観察結果を得て、当面、そっちに注意を向けることにしたのだ。監視され、嗅《か》ぎまわられているのを感じた。慎重に見まわし、聞き耳をたてるうちに、クラン人の若い新入りがひそかに自分に関心をいだいていることに気づいて、罠をしかけた。あたりさわりのない会話のなかで、荷物のなかに重要書類がしまってあると、さりげなく洩らしたのだ。噂が充分にひろまったころあいを見はからって、手荷物室にかくれた。そこには、ほかのものに混じって、三人の私物もしまわれていた。かれの忍耐は、長くためされることはなかった。

＊

「すわれ」と、サーフォ。

キルソファーは膝を折ってしゃがんだ。その姿勢でも、サーフォより指数本ぶん背が高い。クラン艦隊の暗褐色の制服を着用し、金色の豊かなたてがみに若さがうかがえた。

スカウティとブレザー・ファドンは四角いキャビンの奥で、クッションでつくった間にあわせのカウチにうずくまっていた。ふたりははいってきたクラン人をものめずらしげに見つめていたが、驚いてはいなかった。サーフォから計画を聞かされていたからだ。

サーフォは制服のベルトにショック銃を押しこみ、クラン人の肩に軽く手を置いて、「だれもきみを破滅させようとは思っていない」と、いった。キルソファーがぎくりとすると、サーフォはつけくわえた。「なにを恐れているのだ？」

「〝兄弟団〟から罰されることだ」クラン人が答える。

「兄弟団とは、どういうものだ？」

キルソファーの目が曇った。動揺している証拠だ。

「ためそうとしているな」かれは不安げにいった。「あなたのような人が、兄弟団のことを知らないはずはない」

サーフォは相手をじっと見つめた。不可解なことへの説明をもとめて、活発に脳を働かせる。兄弟団……あなたのような人……どこかに筋の通ったつながりがあるはず。チェルソヌールの試みによって頭皮下に二匹めのスプーディが埋めこまれ、最初のものと一体化させた。それ以来、わたしはこれまでとは違った性質の力をもつようになり……

それが答えだ！

サーフォの目は思わず、スカウティに向けられた。彼女は右腕をあげ、手でそっと頭を押さえてみせた。かれはうなずいた。ふたりとも同じことを考えていたのだ。

「二重保持者だからといって、兄弟団のメンバーとはかぎらない」と、サーフォ。

「では、知っているのだな、かれらのことを？」キルソファーの目がきらりと光った。

「なにも知らない」サーフォは答えた。「なぜ、わたしのことを嗅ぎまわるのか、説明してほしい。そのことが兄弟団とどう関わっているのかも」

キルソファーはぼんやり前を見つめた。サーフォはかれがなにを考えているのか、突然さとって、

「われわれは異人だ」と、いった。「クランドホル公国の兵士にされたとき、だれにもたずねられなかったが、われわれは独自の目標を追いかけている。きみはつつみかくさず話してもだいじょうぶだ。ここで話したことは他言しないから」

サーフォは名誉にかけることを強調するように、両手をひろげた。キルソファーは背筋をのばした。決心がついたのだ。

「いいだろう。あなたを信用しよう」かれはいった。「あなたたちは惑星キルクール出身のベッチデ人だ。キルクールは最近になってクランドホル公国に併合されたが、公国における唯一の権力は、あやまつことなき賢人に支えられた公爵たちだと聞かされたはず。でも、それは真実ではない。公爵たちの目的に同意せず、その独裁と戦っている第

二の権力がある。この権力が兄弟団だ。メンバーになれるのは、頭皮下に二匹以上のスプーディを保持する者だけで……」キルソファーは身震いした。昆虫に類似した生物を二匹以上、頭蓋に持つ者を想像するだけでも、不気味に思えたらしい。

「きみにとって、兄弟団はどういう意味があるのか？」サーフォはきいた。

キルソファーは動揺した。

「わたしは……かれらの目標に興味を持っている。わたしは公爵たちや賢人の全智を信じてはいない。知りたいのは、全宇宙へと勢力を拡大して巨大な星間帝国を設立することが、クラン人種族にとって唯一の選択肢なのかどうかということだ」

サーフォはキルソファーをまじまじと見つめた。

「きみは兄弟団にくわわりたいのか？」

「できるものなら」

答えを急ぎすぎている、と、サーフォには思えた。

「それなら、兄弟団と連絡をとるには、どうすればいいのか知っているんだな？」

キルソファーはそうだというしぐさをして、

「ケリヤンに拠点があると聞いた」

「ケリヤン？」

「《トリストム》のコースからさほどはなれていない商業惑星だ。数年前までは前哨地だったが、星間帝国の境界がますます外に拡張されていくので……」

「ケリヤンについて、もっと話してほしい」サーフォはキルソファーにうながした。

＊

キルソファーが話しているあいだ、サーフォは自分の思いにふけっていた。あまりにも容易にそれができるので、かれは驚いた。キルソファーの話を一言のこらず聞きとると同時に、頭には新しい計画や作戦が次々と浮かんでくる。これも、チェルソヌールがかれの頭皮下に二匹めのスプーディを埋めこんだせいか？

スプーディ……クランドホル公国のシンボル。白い宇宙船がキルクールに着陸したとき、住人たちは《ソル》がもどってきたのだと思った。だが、クラン人たちの最初の関心事は、住人ひとりひとりの頭蓋にスプーディを埋めこむことだった。スプーディは昆虫に似た銀色に輝く生物で、長さはおや指の爪ほど、厚みは五ミリメートルにも満たない。クラン人たちは、それを注意深く密閉された容器にいれて運んできた。だが、スプーディがもっとも好む場所は知性体の脳のすぐそばだ。スプーディにどんな重要性があるのかは、だれも知らない。クラン艦隊の艦長たちでさえ例外ではなかった。スプーディはそれを保持する者と共生関係にあり、栄養分を得るのとひきかえに、宿主の思考に刺激をあたえ、意欲を高めるのだが。

第十七艦隊ネストでの出来ごとをきっかけに、スプーディが……通常は潜在的にだが……一体化する傾向を持つことが、はじめて明らかになった。この衝動が、いわゆるスプーディ病へと強まっていった結果、第十七艦隊ネストの要員すべてが、あやうく犠牲になるところだった。

カーセルプン基地の謎めいた老人チェルソヌールがサーフォにもたらしたのは、スプーディの潜在的衝動は、コントロールさえできれば保持者に有利に働くという考えだった。長くためらったすえ、サーフォは二匹めのスプーディを頭皮下に埋めこむ許可をチェルソヌールにあたえた。以来、その決心を後悔したことは一度もない。かれの思考は飛躍的にひろがりを持つようになった。ほかの者たちが努力してようやく得られることが、かれにはすぐにわかった。もし、二匹めのスプーディの付加的な力がなかったなら、キルソファーのひそかな好奇心に気づくことも、その裏をかくこともできなかっただろう。

自分はクランドホルの公爵たちにどんな恩義があるのだろう？　かれらはサーフォを故郷から連れだし、艦隊での任務を押しつけた。当時はサーフォも、それに抵抗しなかった。宇宙からきたサーフォの種族は、宇宙にもどりたいと必死に願っている。ベッチデ人は巨大宇宙船《ソル》に乗って宇宙を縦横無尽に行き来した者たちの子孫だ。クランドホルの公爵たちに仕えることによって、宇宙への扉が開かれ、先祖の伝説的な船を探すことに全力をかたむけられると、サーフォは信じていた。ブレザーもスカウティも同じ考えにつきうごかされていた。

だが、その結果はどうであったか？　自分たちは、もっとも状況のきびしい場所へべッチデ人の新入りを送りこむことしか念頭にないクラン人指揮官たちの思いつきによって、行動を左右されてきたのだ。

サーフォは問いをくりかえした。わたしはクランドホルの公爵たちにどんな恩義があるのか？　答えは明快だ。なにもない。サーフォの耳にキルソファーの話が聞こえてきた……巨大惑星ケリヤンのこと、山裾にひろがる町グルダのこと、港町ウナデルンまでのびている谷のこと、クラン人居住地の総督ブレボーンのこと、治安局長リルストのこと。ブレボーンは年よりでやる気がないため、実際の権力者はリルストであるらしい。ケリヤンでひと財産築いた若い女カルダヘルのことを話してから、最後にキルソファーは、公爵たちの命令で動く〝ハンター〟として恐れられるバルクハーデンについて触れた。複数のスプーディを有する者を熱心に追跡しているという。

すべてを聞いていたサーフォの頭に、ある計画がかたちづくられていった。

2

ケーリガンは巨軀《きょく》をまっすぐにのばして、立ちあがった。ベッチデ人を見おろしながら、すくなからぬ優越感をおぼえているようだ。

「その計画は、きみがこれまでに口にしていた希望と、ことごとく矛盾するではないか」クラン人はいった。

「わかっています」サーフォ・マラガンはびくともしなかった。「ときには、どうしても計画を変更するしかないこともあるのです」

《トリストム》の第一艦長はとほうにくれたが、その気持ちに毅然としてたちむかおうとした。

「わたしはこれまで同様、きみの希望をうけいれるのに、やぶさかではない。第九艦隊ネストでなく、ケリヤンへ行けというのだな。しかし、まず前哨地で積み荷をおろす必要があるのだ」

「問題外です。わたしの任務に遅れは許されません」サーフォの目はひややかだった。

ケーリガンは即答しなかった。その頭にどんな思いが去来しているか、サーフォにはわかった。思案しているのだろう。〝こんな小人をなぜ、すぐに追いださないのだ？〟と。その理由は、カーセルプン基地の指揮官がベッチデ人の持つ広範囲のコネクションについて、いわくありげなことをほのめかしたからであり、この小人が賢人に仕えている存在らしく見えたからだ。

サーフォは、ケーリガンが楽に答えられるようにしむける決心をし、いった。

「ここだけの話ですが、これは兄弟団に関わることなのです」と、

ケーリガンの黒い目が急に輝いた。このキイワードには効き目があった。それでもなお、第一艦長の不安を吹き飛ばすにはいたらなかった。

「艦隊規則を知っているだろう。異人の新入りが希望したというだけで飛行計画を変更すれば、わたしはきびしい処罰を覚悟しなければならない」

「わたしは、あなたにとっては異人の新入りであっても、ほかの人々にとってはそれ以上の存在なのです。これは希望ではない。わたしと友ふたりをできるだけすみやかにケリヤンで降ろしてもらいたいという要請です。もし拒否するなら、正式の命令を入手するまでのこと。そのさい、この件が乗員たちに知られるのは避けられません。たとえば、クランの司令本部から命令をうけとる通信士にも。兄弟団がどれほど危険であるかはご存じでしょう。これは、ここだけの秘密の話です。あなたが規則に縛られてばかりいる

のでないことをしめせば、バルクハーデンも高く評価するでしょう」

「バルクハーデン……」ケーリガンは小声でいった。

「〝ハンター〟です」サーフォは確認した。

ケーリガンは姿勢を正した。

「きみの希望を、聞きとどけよう」

「感謝します」サーフォは慇懃無礼《いんぎんぶれい》にいった。「あとどれくらいで、ケリヤンにつくでしょうか？」

ケーリガンはクロノメーターに目をやった。

「おおよその現在ポジションしかわからないが、時間軌道航行が二回だから、距離にして……」なにか意味不明のことをつぶやくと、「十二時間はかからないだろう」

＊

「ケーリガンにきみのことをきかれたら、どういえばいいんだ？」ブレザー・ファドンがきいた。若々しく快活な顔に動揺の色が見える。最近は、サーフォの考えについていくのが、ますますむずかしくなっていた。ダブル・スプーディがサーフォの思考スピードを速めていることに関係があるのだ。

サーフォは眉をひそめた。額のまんなかにバーロ痣《あざ》がはしっている。透明な盛りあがった部分が皮膚をおおい、そこから細くなって頭蓋へとのびていた。バーロ痣は、《ソル》の宙航士たちが進化をとげたときに生じた変異の痕跡だ。

「できるだけ、とるにたりないことをいえばいい」サーフォはいった。「たとえば、腹痛を起こしているとか」

「かれはすぐに見破るだろう」

「それが狙いだ。いいわけをしていると知ったら、わたしがひそかになにか準備していると、かれは考えるだろう」

サーフォは急ごしらえのソファにすわった。

《トリストム》の第一艦長ケーリリガンは、謎めいた客三人にふさわしい居室をあたえるよう配慮していた。かれらは四角形のキャビンを共通の休憩室として使い、隣接するちいさめの部屋四つのうち、ひとつずつを、それぞれの個室にあてている。

スカウティが、高さ四メートルの幅のせまい戸口にあらわれた。サーフォは彼女を見あげた。スカウティは考え深げだった。

「ケーリリガンに計画を見破られるのが不安なの?」彼女はきいた。

サーフォはうなずいた。

「キルソファーはわたしがダブル・スプーディ保持者だと疑っている。ケーリリガンだって、そう思っているかもしれない。キルソファーの話では、複数のスプーディを持つことは違法とされており、違反者は自動的に兄弟団のメンバーだとみなされるという。不必要なリスクをおかす必要はないだろう？　ケリヤン到着まで、あと二時間ほど。もはや失敗は許されないのだ」

　スカウティがサーフォの隣りに腰をおろした。キルクール暦で十八歳の彼女は、三人のなかでいちばん若い。華奢《きゃしゃ》で均整のとれた容姿をしている。サーフォは以前から彼女にひかれていた。長いあいだ禁欲生活を送ってきたせいで、かすかな好意の火は、燃えさかる欲望の炎にまで強まっている。サーフォは禁欲の苦しみをすこしでも軽減したいと、意識的に仲間からはなれて閉じこもることがあった。かれはブレザー・ファドンも同じように感じていることを知っていた。

「あなたは、いつでもわたしたちの仲間よね？」スカウティは優しい声でいった。

　彼女はサーフォにぴったりよりそっていた。その髪のにおいをサーフォは吸いこんだ。クランの石鹸のにおい……土とハーブの香りだ。できるものなら彼女を抱きしめ、あと二匹よけいにスプーディが頭皮下に埋めこまれることがあろうとも、いつもそばにいると約束したかった。だが、出入口に立つブレザーが、疑わしげな目でこちらを観察している。

「そうかんたんに、わたしを厄介ばらいはできないさ」サーフォは茶目っ気たっぷりにいった。

＊

酸素惑星の地表に見られる性質の最大の特徴のひとつは、陸地と水の関係だ。ケリヤンの場合、その境界は不安定といえるだろう。広大な陸地はなく、そのかわり、数千の島々、岬、海岸線、尾根がある。低いところに位置する土地は、潮の干満によって周期的に水面下に姿を消す。海の分布についても、同様のことがいえた。つまり、大洋の名に値《あたい》するような規模の海はひとつもなく、無数の水たまり、池、入江、湖、潟などが、糸状にいりみだれた土地にひしめきあっているのだ。北側に港町ウナデルンを擁するアヒール海にしても、四百キロメートルほどのひろがりもなかった。

惑星の直径は二万五千キロメートル、表面重力は一・八五G。個々の居住区にも、隣接する町をふくむ宇宙港の区域にも、クラン人によってドーム形の人工重力フィールドが設置され、重力は一・二Gに調整されていた。キルソファーの説明によれば、ケリヤン地表の特異な性質は、衛星がふたつに分裂したことに起因する。潮の干満が小刻みに変わることによって、溶解した惑星内部がかきみだされ、これが災厄に満ちた大変動の原因となり、見とおしのきかない水と陸地の混乱が生じたのだ。分裂した両衛星は最後には安定した。以来、ケリヤンは、わずかな距離をおいて同一軌道を周回する二衛星を持つことになった。

《トリストム》がこの軌道をはなれると、宇宙港が見えてきた。不規則なかたちをした数百平方キロメートルの平面で、北東から南西にのびる細長い土地にある。宇宙港の南にグルダという都市があり、この植民惑星の行政の中心だ。グルダを半円形にかこむ山々からは、南西の方向に幅のひろい谷が、六十キロメートル先にある細い土地の末端までのびている。この末端部に港町ウナデルンがあり、三方を海水に洗われていた。

ひろい宇宙港に向かって降下していく《トリストム》から、白く輝く構造物が見えた。たがいに、かなりの距離をおいて着陸床に分散している。サーフォが数えるとぜんぶで十八隻あった……人口がせいぜい百万人の惑星にしては、注目すべき数だった。

サーフォはスクリーンから目をそらした。ある考えが浮かんだのだ。

「ブレザー、キルソファーを連れてきてくれないか?」

ブレザーは振り向き、驚いたようにサーフォを見つめた。

「かれになんの用があるのだ?」

「われわれと行動をともにするかと、きくんだ」それは嘘だった。だが、自分のいだいた疑念をブレザーに説明するには、時間がかかりすぎる。「急いでほしい。のこされた時間はせいぜい二十分だ」

ブレザーは出ていった。《トリストム》には卓越したインターカム・システムがある。ほとんどのキャビンには受信機があり、デッキの通廊ぞいとブリッジやすべての司令セ

ンターに、無数の送信機も設置されていた。二分後にブレザーはもどってきて、

「キルソファーは仕事場にも自室にもいない」と、いった。

「かれがどこにいるのか、知っている者は？」

ブレザーはかぶりを振った。

「いない。わたしのほうも、とくにしつこくきいたわけじゃないが。これ以上、どうしようもないと思ったので……」

「なにか懸念があるのね、サーフォ？」スカウティがさえぎった。

「そうだ。キルソファーは自分が知っていることをぜんぶ話した。なぜだ？　兄弟団に共鳴しているからか？　ある程度はそうだろうが、おもな理由は、不安だったからだ。わたしに脅《おど》されたと感じたのだ。あれ以来、かれには会っていない。もし、いまになってかれが考えを変え、われわれを裏切ったとしたら、どうなる？」

「なぜかれは、もっと早く、そうしなかったのだろう？」と、ブレザー。

「考える時間が必要だったのだ。もし、かれが裏切るつもりなら、ケリヤンで実行するのがもっとも危険がすくない。飛行中であれば、われわれに自己防衛のチャンスをあたえることになるが、ケリヤンでなら惑星の治安当局を意のままにできるわけだ」

サーフォはベルトに手をやり、武器の銃把《じゅうは》に触れた。スカウティはそのしぐさの意味を正しく理解した。

「三人ですぐに出発するのね?」

「そうだ」

ブレザーは問いが喉まで出かかっていたが、サーフォがドアを開けるのを見て、自分の胸にしまっておくことにした。かれらは持ち物をあとにのこしていくしかなかった。

*

「だれなんだ、それは。それに、なんの用だ?」ケーリガンはもどかしげにきいた。

「キルソファーという新入りです」と、第八艦長。「重要な報告をしたいそうで」

「待たせておけ」ケーリガンは低い声でいった。「着陸は複雑な作業だ。報告に関わりあう時間はない」

話しながらも、ケーリガンは計器から目をはなさなかった。だが、第八艦長がいっこうに立ちさろうとしないのが目のすみに見えた。

「どうしたのだ?」

「キルソファーはとりみだし、怯《おび》えていて、自分の報告はきわめて重要だといいはっています。ベッチデ人三人に関係のあることだと」

ケーリガンは急に振り向いた。

「その新入りをここによこすのだ」かれは第八艦長にいった。

3

反重力シャフトの底から尾部エアロックまで、幅のせまい通廊がつづいていた。艦のこの部分はしずかだ。《トリストム》は停止している。サーフォ・マラガンはクロノグラフを見た。かれらがキャビンを出てから十八分たつ。恐れていた警報は鳴らなかった。内側エアロック・ハッチはなんなく開いた。エアロック室のひろさは四かける五メートル。人員と小荷物のためのものだ。床にある四角形の輪郭が、外側ハッチをしめしていた。出入口近くの壁に映像装置が設置されていた。サーフォはスイッチをいれた。沈みゆく恒星が、かれらの十メートル下にある着陸床を低い位置から照らしていた。《トリストム》は人工重力フィールドのなかで浮遊している。これが惑星の自然重力を中和し、巨大な宇宙船の重さを相殺《そうさい》するのだ。

スクリーンの横に操作盤があった。サーフォは難解なクランドホル語の表示をじっくり読んだ。一連のスイッチは、外側エアロック・ハッチから下へとつづくチューブ状の人工重力フィールドを展開したり制御したりするためのものだった。ハッチを開ける前に、必要なスイッチ操作をしなければならない。ハッチが開けば、フィールドは自動的に展開される。

「外に出たあとは、どこへ行くの？」スカウティがきいた。

スクリーンのはしに、輪郭の鮮明な影がうつった。それはゆっくりと画面中央に移動し、数秒後には正体が明らかになった。《トリストム》の主エアロックから着陸床の地面へ降りるためのエネルギー橋だ。橋の先端は、薄赤く光るポールでマークされた場所をめざしていた。ポールのすぐ横の地面は、幅二十メートル以上にわたって降下している。これが斜路となり、宇宙港の地下交通網に通じていた。

サーフォはポールをさししめしたあと、手を左に動かし、それによく似た小型のポールを指さした。わずか三メートル幅しかない斜路のはしに立っている。

「あそこへ行こう」かれはいった。

「ここから百メートルはある」ブレザー・ファドンは抗議した。「幅のひろい斜路のほうまでなら、その半分の距離だ」

「だが、幅広のほうは、遅くとも三分後には《トリストム》のエネルギー橋に接続するぞ」サーフォはいった。「たちまち、ケーリガンの部隊が追いかけてくる」

サーフォは人工重力の数値、方向、持続時間を操作盤に打ちこんだ。エアロック・ハッチがスライドして開く。船の影になっている着陸床の地面が見えた。

まず最初にサーフォが跳びおりた。フィールドの人工重力は〇・二Gで、おりるのに三秒ほどかかった。サーフォは軽《かろ》やかにわきによけて待った。チューブ状の人工重力フィールドの外では、ケリヤンの調整された重力一・二Gがのしかかってくる。

スカウティとブレザーがそばに着地した。サーフォが見あげると、ハッチはふたたび閉まっていた。かれはせまいほうの斜路に向かってうなずいた。《トリストム》周辺の着陸床は人けがない。右のほうでは、エネルギー橋がすでに地面にとどいていた。

三人は船の影から出て、斜路のほうへと歩いていった。サーフォは、うなじがむずがゆくなった。自分たちが着陸床を越えて橋へと行くのを艦内スクリーンで見ている者がいて、その視線を感じたかのように。斜路が近づいてきた。耐えられないほど遅く感じられた。かれは駆けだしたい衝動を、やっとの思いでおさえつけた。散歩の速度をたもちながら、ようやく、かれらはポールでマークされた場所に到着した。

斜路をおりていくうちに、足どりは速まった。サーフォ・マラガンは深呼吸した。逃走の第一段階は成功した。

＊

三人は幅ひろい地下道路にそった搬送ベルトに乗って進んだ。《トリストム》とは、すでに一キロメートル以上もはなれていた。まわりは、仕事場への行き帰りの者たちでこみあっていた。大半はクラン人だが、リスカー、プロドハイマー＝フェンケン、ターッ、アイ人のほか、かれらがはじめて目《ま》のあたりにする生物もいる。

同じベルトの上に立っている者も、ほかのベルトに乗って通りすぎていく者も、一般市民らしく、色とりどりの、さまざまな衣服を着ていた。だが、ときどき、クラン艦隊の暗褐色の制服を着用した者も姿を見せた。ほかに、金属的に光る青い制服姿の者も見えた。たいていは銃をさした幅広のベルトを身につけている。地元の治安当局に所属する警官だと、サーフォは思った。もし騒ぎが起きたら、まず、かれらに注意しなくては。

宇宙港の地下設備は、数の多さといい、分岐が多いことといい、混乱をきわめていた。せまい斜路はいずれも、個々の艦船が着陸した場所から、混雑する道路に向かっておりている。その一方で、《トリストム》のエネルギー橋が接続した幅ひろい斜路や、着陸床の地面から惑星深部までおりていく貨物用シャフトもあった。

十字路、交差点、陸橋、トンネル、斜路、シャフト、分岐などがいりみだれるなか、サーフォはほぼ南と思われる方角からはずれまいと、努力した。南にはグルダという町がある。兄弟団が宇宙港の近辺に住みついている理由はない。地下世界は見た目には無秩序で混乱しているが、搬送ベルトはとめることができるし、麻痺ガスで道路を満たすことも可能だ。なにかをたくらんでいる革命家たちが、この土地でかくれ場を見つけようとはしないはず。兄弟団の秘密の居住地はグルダかウナデルン、あるいは、このふたつの町を結びつけている長い谷、そのいずれかにあるだろう。

道路が曲がりくねっているため、直線コースをたもつのは容易ではなかった。サーフォはときどき、方向感覚を失ったかと思った。だが、しだいに搬送ベルトのわきにいろいろな店があらわれはじめた。レストランや娯楽施設もある。仕事を終えて帰る者たちで、ますますこみあってきた。ときどき音楽も響いてきた。道路の高い天井の下にスクリーンが設けられており、クランドホル語のニュースが流れていた。地下世界は、はっきりと都会的な特質を帯びてきていた。自分たちはいま、グルダの地下にいるのだとサーフォは思った。

いまのところ、追跡されている形跡はない。サーフォは一定の間隔でスクリーンを見あげたが、逃げたベッチデ人三人のニュースは流れていなかった。

サーフォは動きの遅いベルトに跳びうつった。それは八十メートル先で、側道へとなめにつづいていた。道はゆるやかな登りになっていた。ブレザーもスカウティも、あとにつづいた。ふたりともおちつきはらい、すこし退屈したようすで、日々の仕事を終えて早く家路につきたいと願っている者のようにふるまっている。だが、サーフォはそれが見かけだけであることを見ぬいていた。スカウティは歯を食いしばるあまり、頰骨がつきでていたし、いつもは若者らしいブレザーの明るい顔は、不自然なまでにこわばっていた。ふたりとも不安なのだ、と、サーフォは思った。わたしと同じだ。

遠くまで鳴りひびくゴングの音に、サーフォは耳をそばだてた。思わず見あげると、スクリーンをしずかに流れていたニュースのテキストが消えていた。それにかわって、どっしりした感じのクラン人の上半身が見えた。青い制服を着用している。群衆は全員、スクリーンを見あげていた。クラン人は話しだした。

「いましがたケリヤンに着陸した補給艦《トリストム》から、乗員三人が逃亡した。禁じられた兄弟団に所属している疑いがあり……」

＊

三人は側道を進んでいた。ここでは天井は低く、壁はなめらかな金属でできていた。ニュースの声はしだいに遠ざかったが、一瞬のちにはまた聞こえてきた。側道はゆるやかな登り坂となった。はるか前方に、ひろい幹線道路の照明と混雑する車の流れが見えた。側道は搬送ベルト二本のみからなっていた。ベルトは異なる速度で同じ方向に動いている。どちらも、ほとんど無人だ。

「できるだけ、人ごみのなかにいたほうがいい」サーフォはキルクール語でいった。

「上に向かうシャフトを探すのだ。その種のものを見つけたら、急いで上に行こう！」

側道は大きい幹線道路に通じていた。ニュース・スクリーンからは、依然としてクラン人警官の声がとどろいている。警官は逃亡者三人の外見を説明した。サーフォは肌がむずがゆくなった。あたりを見まわし、群衆のなかで、どれほどの数の顔が自分たちを見つめているかを見きわめようとした。いまにも叫び声があがるのではないか……〝ほら、あそこにいる！ ああいう外見の者は、ケリヤンじゅう探しても、ほかにはいない！〟と。周囲の者が、警官の描写にぴったりな三人だと気づくまで、あと何秒のこされているだろう？

しかし、言葉による描写の力は弱かった。〝背格好はアイ人に似ているが、有柄眼はない。めくれる顎袋ではなくふつうの口をしており、頭蓋のくぼみの皮膚も光らない〟という説明では、クラン人も、プロドハイマー＝フェンケンも、リスカーも、ターツも、どうしていいのかわからないだろう。サーフォはまだだれにも気づかれていないのをたしかめて、ほっとした。

ずっと先で、幹線道路に接続するいりまじった交差路のひとつに、陸橋がかかっていた。右のほうから青い制服の一隊が進んできた。陸橋の欄干《らんかん》にそって位置につき、下を行きかう車輛の流れを監視している。

スクリーン上のクラン人がいった。

「これから、逃げたベッチデ人たちのうつっているヴィデオ録画を流す。映像をよく見て、頭にたたきこんでもらいたい」

その姿が消えると、スクリーンがまたたき、数秒後、録画されたものがうつった。

《トリストム》がカーセルプンをスタートする直前の映像で、ベッチデ人三人がエネルギー橋を登っていくところだった。カメラが艦の主エアロックにとりつけられていたのだ。自動撮影であるため、焦点距離は変更されていない。最初に三つのごくちいさい姿がうつったが、細部はほとんど認識できなかった。だが、三人がエアロックに近づいていくにつれて、画像は鮮明になる。

これはまずい、と、サーフォは思った……

いま、三人はまだ陸橋から十メートルはなれていた。警官六人のうち、四人は近くのスクリーンを見つめていたが、のこるふたりはそれまでと同じように欄干によりかかって、下を眺めている。

そのひとりがぎくりとするのを、サーフォは見た。三人の頭上を陸橋の片側が滑りさった瞬間のことだ。

「かれらは、この下にいる！」けたたましい叫び声が起きた。

＊

サーフォは本能的に反応した。いまいるのは、もっとも速いベルトのひとつだったが、隣りあったベルトふたつを大股で跳びこえ、道路中央に向かう動きの遅いベルトに乗りうつる。スカウティとブレザーのことをかまっているひまはなかった。道を見失わないよう、自分たちで気をつけてもらうしかない。サーフォはほかのすべてのベルトとは逆向きに動いていた。陸橋は頭上にある。警官たちは、かれがもう一方の側からあらわれると予測しているはず。サーフォは道路中央付近についたとき、興奮してしゃべっているプロドハイマー＝フェンケンのグループにぶつかり、転倒した。道路の中央をしめし、反対方向に向かう搬送ベルトを分けている、分離帯まで横転する。

転倒によって二、三メートル費《つい》やしたが、陸橋はまだサーフォの頭上にあった。力強い手がかれの肩をつかんでひっぱりあげた。見あげると、にやにや笑いを浮かべたブレザーの顔が見えた。

「こんどばかりは、ぐったりするなよ！」ブレザーは笑った。

かれらはスカウティを先頭に、きた方角へと駆けもどっていった。いまや、群衆はなにが起きたのかを理解していた。猛《たけ》りたったわめき声があたりに充満した。サーフォは肩ごしに振りかえった。かれの策略は功を奏したようだ。警官六人はいまになって、ようやく陸橋のこちら側の欄干にもどってきた。すくなくとも数秒は時間稼ぎができた。だが、青い制服の者たちは損失をなるべく早くとりもどそうと躍起になって、欄干を乗りこえ、下に跳びおりた。

「ベルトに乗れ！」サーフォは叫んだ。

スカウティは右に曲がり、いくつかのベルトを跳びこえ、いちばん速いベルトに達した。サーフォはブラスターをぬき、空中に向けて数発撃った。周囲の群衆はパニックにおちいり、近くにいた者たちは地面に身を伏せた。不安のために縮こまっているかれらのからだを、三人は跳びこえていった。サーフォが見まわすと警官たちは中央分離帯にそってやってきた。そこなら障害物がないからだ。かれらは筋肉質の長い脚で四、五メートルの距離を跳躍した。もっとも速いベルトよりも速い。

サーフォは走りながら、右のほうに、通りに面した建物の正面があるのを見た。どこかでかくれ場を見つけなければならない。公道にいたら失敗するにきまっている。かれは足を速め、スカウティの肩をつかんで右に向きを変えさせると、道路にそってつづく幅ひろい歩道に行けと指示した。サーフォはちらりと見て、ブレザーもあとにつづいてきたことを確認した。

見えてきたのは、さまざまな好みと体型にあった衣服を売る店だった。サーフォは道路の高い位置に設置されている大型スクリーンに向けて、ブラスターの引き金をひいた。スクリーンは轟音《ごうおん》をたてて粉々に砕けた。群衆ははげしく興奮した。だれもが危険地帯から一刻も早く逃げることしか念頭にないようだ。

サーフォは店の正面入口から、猛然となかに駆けこんでいった。店内にいたわずかな客たちは悲鳴をあげ、なにが起きたかも知らぬまま床に伏せる。サーフォは走りながら天井の照明を撃った。ガラスの破片が雨あられと降りそそいだ。火花が散り、なにかが焼ける音がした。店内は突然、真っ暗になった。

奥から、銀色の鱗《うろこ》を持つターッがあらわれた。背筋をのばした尾のないトカゲのように見える。ターッはあっけにとられ、混乱して目を見開き、店内を見まわした。サーフォはターッに近づき、ショック銃をつきつけた。

「納品用出入口はどこだ？」サーフォはどなった。

ターッはこの荒っぽい仕打ちに、びくりとした。

「わたしは……あなたは……ここでなにが起きたのだ？」と、つかえながらいう。

「納品用の通廊だ！」サーフォは怒りをふくんだ声で、「急がないと、殴り殺す！」

ターッは危険な状況であることを理解した。不安げにサーフォの銃に目をやって、

「ついてくるといい。道を教えるから」

ターッは丈の高いドアを通っていく。ぼんやり照らされた、さいころ形の部屋についた。二、三の商品箱をのぞき、ほかにはなにも置かれていなかった。奥のほうに、反重力シャフトの入口がくっきり浮きでて見えた。

「あそこから納品をうけとる」ターッの店主はいうと、シャフトをさししめした。「数階層下にある積載ネット経由で品物がくるので」

サーフォはうなずいた。

「なるほど」かれはいった。「あっちのドアを閉めろ」

ターツはかれらがはいってきたドアを閉めた。サーフォのショック銃が、怒ったスズメバチのうなりのような不快な音をたてた。ターツはあえぎ、力なくうずくまった。

「申しわけない」サーフォはいうと、スカウティのほうを向いた。「急げ、シャフトでおりるのだ！」

＊

三人は、かなりの速度でおりていった。ときどき、シャフトの開口部がそばを通りすぎる。明るいのもあれば、暗いのもあった。三人はそれらには見向きもしない。かれらの目的地はシャフトの底だった。

ターツを意識不明にしたことによって、一、二分、さらなる時間稼ぎをした。店に跳びこんできた警官は、店主の姿が見えないので、逃亡者たちが人質にとったと思うだろう。閉ざされたドアに向かって、数回、開けろと命じても応答がなければ、そこでようやくドアを壊して侵入するはず。

そのあと、あらためて追跡が開始されるだろう。

シャフトの底についたが、何百メートルおりたのか、サーフォは見当もつかなかった。開口部からのぞくと、わずかな明かりに照らされた、むきだしの通廊が見えた。通廊はすこし先で、いくつも分岐している。積載ネットとは、なんのことはない、いりくんだ通廊とシャフトのことだったのだ。非常に合理的に設計されているが、管理できるのは積載コンピュータだけ。サーフォはどちらの方向に向かえばいいのか、わからなかった。選ぶことはできるが、どっちに決めても、違いはないだろう。

三人は、あてずっぽうに動きだした。まもなく、前方の通廊と、それに交差する多くの通廊のほうから音が聞こえ、ますます近づいてきた。足音だったり、声だったり、機械が近づいてくる音だったりした。三人は網にかかったのだ。サーフォはケリヤンで身をかくすことの大変さを甘く見すぎていた。もう兄弟団に会うこともあるまい。クラン人の防衛隊に捕まるまで、あと数分しかないだろう。

三人の前にひとつの影が浮かびあがった。サーフォはショック銃で狙いをつけた。すると、震える声がクランドホル語でいった。

「撃たないで！」

側廊の出口に水色毛皮のプロドハイマー＝フェンケンが立っていた。半球形の目は不安に曇っている。

「右に曲がって」声はささやいた。「どこまでも、まっすぐに行くのだ。道からそれないように！」

「そのあと、なにがあるのだ？」サーフォはきいた。

通廊の混乱のなかで、大きい音が聞こえた。プロドハイマー＝フェンケンはぎくりとし、すばやく向きを変えると、あわてて逃げさった。サーフォはかれを撃ち倒すこともできたが、なんのために？　あわただしくあたえられた忠告にしたがうべきか？　もちろんだ。どちらの方向に行っても、同じこと。これ以上、失うものはないのだから。

三人は右に向かった。空気がしだいに黴臭《かびくさ》くなってくる。聞こえる音から察するに、自分たちをとりまく包囲網は、ますますせまくなってきているようだ。先頭を行くサーフォはでこぼこした床につまずき、立ちどまって、見まわした。金属壁には亀裂がはしり、床は割れて、むきだしの岩石が見えていた。

「なんてこと」スカウティがいった。「この通廊はもう百年も使われていないわ」

「百年か」ブレザーがぼそぼそといった。「そのあいだ、クラン人は一度もここにきていないのだ」

サーフォはさらに進んでいった。荒廃の跡は、ますます顕著になってきた。最後の照明がすすけて天井で揺れ、その奥は真っ暗だった。足が、通廊をさえぎっている小石の山にぶつかった。

「最後の側廊を過ぎてから、どれくらいたっただろう？」サーフォはきいた。

「四、五分ね」スカウティは推しはかった。

サーフォは耳を澄ませた。音はもっと鮮明になってきた。声が聞こえる。とぎれとぎれの言葉がわかった。

「……もっと右へ……」

「……はっきりしたシグナルだ……」

「……用心しろ……武装している」

追跡者は有機物センサーを使っている。どこで逃亡者三人を探せばいいか、正確に知っているのだ。コンピュータを駆使し、積載ネットをコントロールしていた。

またたく薄暗い照明の光のなかで、サーフォはスカウティの青ざめた顔を見た。彼女の目はサーフォに向けられていた。〝このあと、どうなるの？〟唇の動きから、そう読みとれた。声は追跡者たちの騒音にかきけされて、ほとんど聞きとれない。

サーフォは肩を落とした。とほうにくれ、恥ずかしさをおぼえた。友ふたりは、スプーディ二匹を保持する自分をたよっている。なんであれ、サーフォの決めたことは正しい、と。どんな困難に遭遇しても導いてくれるだろうと思っている。

それなのに、自分は役にたたなかった。

音がすぐ近くから聞こえた。サーフォは振り向いた。いくつも亀裂がある通廊の壁に、黒っぽい開口部が出現する。暗闇を背景に、一クラン人の姿がくっきりと見えた。

「きみたちは兄弟団を探しているのか？」低い声がきいた。

「探している」サーフォは答えた。言葉はすらすらと口をついて出てきた。深く考える必要はなかった。

「では、こちらへ」声はいった。

サーフォは壁の開口部に足を向けた。ずっと奥で、鈍い明かりが輝いているのが見えた。通廊はかなり急な登りになっていた。床には埃が積もり、クラン人の足跡がついていた。サーフォがはいり、スカウティとブレザーがあとにつづく。かれらのうしろで、かくし扉がかちりという音をたてて閉まった。サーフォは壁を仔細《しさい》に観察したが、継ぎ目はなかった。ここに何時間立っていても、扉があるとは予想もしなかっただろう。

クラン人は歯を見せて、親しげに笑った。

「もう、かれらには、なんの手出しもできない」かれはいった。「わたしはクラッツェンスだ。信頼してくれ」

4

かれらはなにごともなく上昇していった。さっき移動したいりくんだ通廊は、かつて積載ネットの一部だったにちがいない。どういう理由でそれが放棄されたのか、見ぬくことはできない。だが、荒廃の跡はいたるところにあった。クラッェンスは、さしあたり、しつこく質問されたくないとほのめかした。大股で移動するため、ベッチデ人たちは、ついていくのが大変だった。

いくらか破損してはいても、機能は完璧な反重力シャフトのおかげで、かれらは百メートルほど上へ進むことができた。ここでも迷路に出くわしたが、クラン人は場所についての確固たる知識をもとに導いていった。そこから第二のシャフトを使い、ついにかれらは地上に出た。シャフトの出口周囲をかこんでいる枠が、足がかりとなる。クラッェンスがシャフト出口をふさぐ蓋を押しあげると、暖かく湿った夜風がしみこんできた。かれはからだを揺すって外に跳びだし、暗闇に消えた。三人もあとを追った。

サーフォ・マラガンの目にうつったのは、地下からくるらしいぼんやりした光を背景にした、高い建物の輪郭だった。身を起こしたところ、そこが切りたった崖の上であることがわかった。数歩進むと、灌木《かんぼく》のような植物二本のあいだから、向こう側が見えた。筆舌につくしがたい光景だった。

眼下には色とりどりの、何千もの明かりが輝いていた。よくある蛍光ランプの青白い光がもっとも多かったが、ところどころに、全スペクトルにわたる色の光点が煌《きら》めいている。多くの明かりは動いていた。どうやら乗り物のライトらしい。サーフォがこれまで目にしたことのない、多彩で輝かしく生命に満ちた混沌だ。

眼下にひろがっているのは、山裾にのびるグルダの町だった。左に目をやると、散在する光点が、宇宙港の周辺部をきわだたせていた。ふたたび右を見ると、町はウナデルンとアヒール海に通じる谷間につづいている。

スカウティとブレザー・ファドンもそばにきて、息をのむような光景に感嘆した。三人がこれほどの規模の町を目にするのは、生まれてはじめてだった。

背後で騒音がした。クラッェンスがシャフトの蓋をもとどおりに出口に積み重ねようとしている。手を貸そうと歩みよったサーフォは、山腹にそって交互につづいている赤と白の光に気づいた。

「おかまいなく」クラッェンスは助けの申し出をことわって、「それよりも、きみたちを安全に寝泊まりできるところに案内するほうが重要だ」

「あの光はなんだ？」サーフォは山腹を指さした。

「調整ずみ重力フィールドの境界だ。光の向こうは、完全にケリヤンの重力が支配している」クラッチェンスは答えた。

かれは先頭に立って、山腹をおりていった。

＊

だれがその家を建てたのか、クラッチェンスも表向きは知らないようだった。かれが所有しているのか、使用しているだけなのかについても、打ち明けなかった。平屋で、正六角形をなしている。南西に切りたった百メートルたらずの崖のところで終わる側道があり、そこに面した荒れかけた庭に大きい植物が生えていた。多くの部屋は小ぎれいで、見慣れない形状ながらもベッチデ人の体格にあった調度が自由に使えた。その家に最後に住んでいたのがだれかについてのヒントは見つからなかった。

「ここでくつろげるといいのだが」クラッチェンスはいった。「そう長い滞在ではないだろうが、二、三日でも、心地よく寝泊まりして損にはならない」

「あんたはだれなんだ？」サーフォはクラッチェンスを注意深く見つめてきいた。

「クラッチェンス。きみたちの助っ人だ。そういっただろう？」

「なぜ、われわれを助けた？」

「わたしの本当の動機を、きみは遠からず見ぬくだろう」クラン人は笑い、グレイのたてがみを揺すった。「まず、これだけは、いわせてくれ。わたしは兄弟団に無条件に共鳴しているのではないにしても、あれは正当な試みだと思っている。クランドホル公国の住民は、賢人に啓示をあたえられた公爵たちの言葉だけでなく、ほかの者の意見も聞くべき潮時にきているのだ」

「兄弟団と連絡はとれるのか？」

「そうなるように手を貸そう」クラッェンスは曖昧《あいまい》ないい方をした。「わたしは商売人だ。できることは助けるが、目だつような不注意な行為は許されない」目くばせし、抜け目ない表情を浮かべた。「きみたち三人ともスプーディ二匹を保持しているのか？」

「わたしだけだ」サーフォは答えた。

「では、きみに、もっともむずかしい任務があたえられるだろう」と、クラッェンス。

「兄弟団の本拠はどこにある？」

「だれも知らない。兄弟団は禁じられた組織だ。かれらがどこに身をひそめているのか、公けに知ることはできない」

「では、どうやって連絡をとるのだ？」

「おのずとわかる。兄弟団はつねに、資格のあるメンバーを探している。スプーディ二匹を保持する、きみのような存在を。きみが追跡者たちをまいたことを知ったら、まもなく、かれらのほうから接触してくるだろう」

「わたしと友ふたりに」

「それについては、きみが自分で兄弟団ととりきめをしなければ」クラッツェンスは両手をひろげ、「単一保持者がメンバーになったという話はこれまでに聞いたことがない」

スカウティとブレザーは不安げに目を見かわした。サーフォはそれを見たが、たちいるのはやめた。

「このあと、なにが起きるのだ？」かれはクラッツェンスにきいた。

「鏡を見れば、答えはわかるだろう」クラッツェンスはからかうように、いった。「この惑星に、きみたちのような生物はいない。ニュースで姿が流れてしまったいまでは、たちどころに見破られてしまう。兄弟団と連絡をとりたいのなら、人前に出ていかなければならない。つまり、マスクが必要だ」

「マスク？　どうやれば、姿を変えられるようなものをつくれるんだ？」サーフォは驚いてきいた。

「その問いに答えられるマスク製作者が複数いる。この道の芸術家だ。まず、そのうちの一名に、きみをひきあわせよう」

「芸術家は、ただでは仕事しないだろう。われわれは一文なしだ」

「その点でも、力になろう」クラッツェンスはいった。

「金を貸してくれるのか?」

クラッェンスは客人の単純さに、ほほえんだ。

「それでは、いい商売とはいえない。きみが借りた金を返せる保証はどこにもないのだから。わたしは、どうやったら金が手にはいるか、そのチャンスを説明することで、きみを助けるのだ」

「まさか銀行強盗をしろと?」サーフォはもうすこしで笑いだすところだった。

クラッェンスはその考えを大まじめにうけとって、答えた。

「あまり有益な考えとはいえんな。銀行強盗は、逃亡者のだれもが最初に思いつくもの。それに応じた保安対策がとられている。銀行強盗が成功するのは二十回に一回だ」

「われわれはクレジットカードなら持っている」サーフォは堅実な話題に誘導した。

「どこが発行したものかね?」クラッェンスは目に見えて興味をしめした。

「第八艦隊ネストだ」

「第八艦隊ネストは、ここから数百光年もはなれている」クラッェンスは軽蔑したように手を動かした。「第八艦隊の行動範囲は、ここから二宙域ぶんも遠いジュウマルク宙域だ。もし、きみたちがそのカードを使えば、たちまち命とりになる」

「《トリストム》乗員で、われわれがもともと第八艦隊ネストにいたことを知る者はいない」サーフォは抗弁した。「クレジットカードで正体が露見することはない」

「それについては考えてみよう」クラッェンスは約束し、立ちあがった。「しばらく休んではどうか？　あすはすることがたくさんある。この家には必要なものはそろっている。家をはなれてはいけないことは、注意するまでもなく、わかっているだろう。わたしがまたくるまで待つように。ぐっすり寝てくれ」

クラッェンスはおもてのドアから出て、夜の闇に消えた。遠くからは、ひっそりした道路ぞいに、町の騒音が聞こえてきた。空は何千もの明かりの反射をうけ、独特の淡いグレイのヴェールにおおわれていた。

クラッェンスをドアまで送っていったサーフォは、家のまんなかにある居間にもどってきた。スカウティとブレザーは奇妙なかたちのクッションに腰をおろし、サーフォに目をやった。

「クラッェンスのことをどう思う？」ブレザーがキルクール語できいた。

「商売人だ。自分でもそういっていた」サーフォは答えた。「かれの仕事は逃亡者を助けることだ。そういう組織の、いくつもある支部のひとつをまかされているのだろう……組織との橋わたしがかんたんにできることからも、それがわかる。強力な組織ならリスクも大きい。つまりは、高い値段だ。クラッェンスの助けは高くつくだろう」

「お金ね」スカウティはがっかりしたようにいった。「かれがいっていた本当の動機というのはそれなの？」

「おそらくね。確信はないが。クラッェンスに依存してはいけない。自分たちなりの方法を見つけなければ。クラッェンスがそれを助けてくれるなら、なおさらけっこう。でも、クラッェンスに脅されるような事態におちいっては、命とりになりかねない」

「きみは早くもアイデアでいっぱいのようだな」ブレザーはからかった。

「あと一、二時間してから、もう一度、きいてくれ」サーフォはあっさりいうと、出入口のほうに向かった。

「どこへ行く気?」スカウティが立ちあがった。

「見まわってくる」と、いう答えが返ってきた。

サーフォはドアを開け、夜の闇に足を踏みだした。

*

夜はサーフォの唯一の味方だった。闇のなかでは、かれは顔だちがはっきりと識別できない無数の者のひとりにすぎない。町の中心部近くの、明るい街灯のある場所は避けなければならないが、照明がより弱い側道もあるはずだ。そちらに向かったほうがいいだろう。

わびしげに建つ家々のそばを通り、南北にのびてグルダと宇宙港を結んでいるらしい道路までできた。通信制御された乗り物が両方向に向かって盛んに動いていた。もっとも頻繁にあらわれるのは角ばったつくりのグライダーで、サーフォの見るところ、大人のクラン人五、六人ぶんの座席があった。

サーフォは街灯で照明された歩行者用のちいさい陸橋をわたっていった。光の輪のなかに出ていく前には、近づいてくる者がいないかを、かならずたしかめた。街灯と街灯のあいだの薄暗がりで、おもにクラン人の歩行者数人に出会ったが、かれらはサーフォには目もくれなかった。

町の中心部に向かってさらに進んでいきながら、周囲の細部を記憶に刻みこもうとした。帰り道の方向を見失わないためだ。それがやすやすとできることに、自分でも驚いた。二匹のスプーディは思考力ばかりか、記憶力をも強固にしていた。

最後についたあたりでは、道はせまく汚れていた。建物の壁に、各種の商売をしめすどぎつい色の看板が吊るされ、光がまたたいている。なかでは、さまざまな種族の者たちが動いていた。名状しがたいにおいがあたりに漂っている。サーフォはよどんで油の浮いた水が満ちた水路につきあたった。キルソファーの説明を思いだす。グルダの町は、山があるにもかかわらず、海抜数メートルの位置にあり、地面の大半は湿地状だといっていた。トルスティル川が町を貫流し、長くのびたグルダ谷を通って海に注《そそ》いでいる。グルダにはあふれた地下水をうけいれる多数の水路があった。川につながる水路はもうひとつの交通網となり、かなりの数のボートが行きかっていた。

水路の岸に、長いプラスティック管が積み重ねられていた。そのかげにサーフォは腰をおろし、眼前のあわただしい動きを見守った。水路と色とりどりの看板がある建物とのあいだの、でこぼこの汚れた道路は、十二メートルの幅がある。乗り物はなく、歩行者だけが通っていた。開いた窓とドアから声が聞こえてくる。クラン人、プロドハイマー＝フェンケン、ターツたちによるけたたましい不協和音だ。だれもが、ほかの者をしのぐ大声をはりあげようとしている。ちらちら光るネオンのなかで、人々はもつれあい、よろけ、気どって歩いたり、千鳥足になったりしていた。酔っぱらったプロドハイマー＝フェンケンが売春宿のアーチ状の入口に、よろめきつつはいっていく。その正面には、派手な色あいのネオンサインで、その宿が主としてクラン人の希望にそったものだとしめされていた。数秒後、さっきの酔っぱらいが、カタパルトで飛ばされたように、ふたたび出てきた。サーフォの数メートル先で倒れ、十秒間ぼうっとしていたが、気をとりなおしたように立ちあがり、かぶりを振って、すごすごと立ちさった。

サーフォの注意をひいたのは、黒いマントにくるまったひとつの人影だった。かれと同じくらいの背格好で、からだの細部までは見きわめられない。頭にはすっぽりフードをかぶっているため、顔が影になっていた。人影はときどき立ちどまり、通行人に向かって、しきりに話しかける。通行人たちの反応はさまざまだ。ひとりのクラン人は怒りのあまり腕をあげ、黒装束《くろしょうぞく》の人物に殴りかかろうとした。マント姿の人影はすばやく身をかわし、群衆のなかに姿を消した。ほかの人々は、まったくなんの反応もしめさなかった。立ちどまって、黒装束の者の問いに答える者もいた。ときどき、かれになにかをあたえる者もいた。どうやら現金らしい。

そうした黒い人影が数人いる。サーフォは物乞いだと思った。黒マントはおそらく同業者仲間の装束なのだろう。そうした衣装があれば、人目につかずに群衆のなかで動くことができる。だが、どうやって手にいれるのか？　方法はひとつしかないが、それは気に染まないやりかただ。数分間、かれは自分の良心と戦った。あたえられた選択肢は、うまくやるか、道徳的高潔さを守るか、そのいずれかであることは明らかだった。両方を同時に満たすのは不可能だ。

右のほうでは、家並みのあいだに側道が通っていた。歓楽街への通路らしい。側道の向こうで、水路の正面には距離をおいて立っている二、三の街灯があるだけで、しずかで暗かった。サーフォが目で追っていた黒装束のひとりが、側道の出口を通りすぎるのが見えた。数秒後、サーフォは水路の水にそっとはいり、壁にかこまれた水面の下すれすれを力強く泳いでいった。黒装束に追いついたと思ったところで、壁に近よって浮きあがり、見まわした。行きすぎていた。物乞いはサーフォが倉庫だと思った黒っぽい建物の前でうずくまっていた。なにをしているのかは、わからない。たぶん、休息しているか、金を数えているのだろう。サーフォは慎重に汚水から出て、水路ぎわをよじのぼった。居酒屋や売春宿の騒音からは、遠くはなれていた。物乞いに、すぐに気づかれないためには、用心深く動かなければならない。

かれは倉庫のかげへと、すばやく動いた。あと五メートルのところまできたとき、物乞いは不意に、黒っぽい人影に気づき、ぎょっとしたように見えた。

「懺悔《ざんげ》僧《そう》にご用かな?」フードの下から、アクセントのあるクランドホル語がくぐもって聞こえてきた。

サーフォのショック銃が不快な音をたててビームをはなつ。物乞いはちいさく声をあげ、横ざまに倒れた。

＊

物乞いの黒いマントを勢いよく開き、その下にアイ人のからだを見つけたとき、サーフォは意外さに口笛を吹くような音を洩らした。アイ人はヒューマノイドで、平均身長は二メートルをこえ、ゼリーのような皮膚がところどころ透明であることから〝ガラス人〟というあだ名がつけられていた。口がなく、ポケットのような顎袋を持っているが、それは食べ物を摂取するためだけに使われる。言語は使わず、発話器官もなかった。意思疎通には、一種の視覚的モールス信号を使う。頭蓋のくぼみが、あるリズムで明滅するのだ。

謎が解けたのは、アイ人のうなじについていた小型機械を見つけたからだ。細い導線で、胸にぶらさげられた音声発生機とつながっている。サーフォはふたつの機械を調べてみたが、とりのぞきはしなかった。うなじのひらべったい小箱は、おそらく、なにかをいおうとしたときに脳に生じる神経信号を感知するのだろう。それに対応するインパルスが音声発生機に送信され、聞きとれる言葉に変わるのだ。いずれの機械にも、かなり複雑な技術が使われている。物乞いがどうやって、こんな高価なものを得ることができたのか？　それに、なぜ音声発生機は下手《へた》なクランドホル語にプログラムされているのか？　なぜ、アクセントのないクラン人の言葉を使いこなしていないのだろう？

疑問が多すぎる。サーフォは物乞いのマントのポケットをくまなく探し、ひと握りの硬貨と身元確認バッジを見つけた。バッジと硬貨の半分は自分のものにし、のこりはふたたびポケットにもどした。物乞いが意識をとりもどしたとき、無一文になってはならない。サーフォはバッジの助けを借り、いつかそのうち、奪ったものを物乞いに返すつもりだった。

黒装束はぶかぶかで着心地が悪かった。このアイ人は平均的ベッチデ人より頭ひとつぶん、背が高い。サーフォはカフタンに似た衣装の裾をひきずることになった。生地は重くて暑く、全身から汗が噴きだしてくる。マントにのこるアイ人の体臭につつまれてすごすのは容易ではなかった。だが、なんとかなるだろう。

意識を失った物乞いを倉庫と倉庫のあいだの影の濃いところに、なるべくゆったりと寝かせたあと、サーフォは出発した。対岸の居酒屋やバアのあるあたりは、前よりもっと騒々しくなっているかもしれない。夜はまだはじまったばかりだ。惑星ケリヤンは自転するのに三十二時間かかる。十六時間の暗闇は、夜にうろつく者にとっては、なにをするにも充分な時間だった。サーフォはかなり酔っぱらっているクラン人に近づき、手がゆったりとした袖にかくれるように気をつけながら腕をのばして、つぶやいた。

「どうぞ、わずかばかりのご喜捨を」

クラン人は急に振り向き、サーフォをじっと見つめた。サーフォはへまをしたことに気づいた。

「これ以上、性懲《しょうこ》りもなくなんのために祈るのだ?」ほろよい機嫌のクラン人はどなった。「おまえたち無頼の徒は、ますますあつかましくなっていく。いいか、これでも食らえ!」

クラン人はサーフォに襲いかかった。サーフォは半時間前に見た光景を思いだした。物乞いすることは、いつも安全とはかぎらない。かれは逃げだした。クラン人はあとから追いかけてきたが、数歩も進むと、もう興味を失ったようだ。

サーフォは失敗に終わった最初の試みの場所から数十歩遠ざかり、アイ人がどのように話しかけてきたか、記憶を呼びさました。〝懺悔僧にご用かな?〟だ。さっき腹をたてたクラン人は、祈りのことをいっていた。黒装束の者は、これまでサーフォが思いこんでいた物乞いとは違う存在らしい。アイ人の役割を演じる前に、もっと多くのことを学ぶ必要があった。

サーフォは外に向かって開かれている居酒屋の前を通りかかった。柱のあいだから、ならべられたクッションと低いテーブルが見えた。お客のほとんどはプロドハイマー＝フェンケンだ。サーフォはふさがっていないテーブルを探して、すわった。だれもこちらには気づかないようすだった。ちいさな自動メニュー装置をよく見て、選ぶものを決め、奪った硬貨の一枚を投入口から押しこんだ。数分とたたぬうちに仕事熱心なプロドハイマー＝フェンケンが急いでやってきた。毛皮が水色で、成長しすぎたリスのような姿をしている。かれは無言でサーフォの前にグラスを置いた。飲み物をすこしずつ飲んでいるうちに、サーフォはそばで動きがあるのを感じた。見あげると、隣りの席に客がすわった。やはりプロドハイマー＝フェンケンだ。浮かぬ顔をしており、黒装束のサーフォを注意深く見つめる。だが、無愛想なわけではなかった。

「この時間にもう居酒屋で仕事するとは、懺悔僧の暮らしも楽ではなさそうだな」

サーフォはかぶりを振った。

「神々はあたえ、かつ、奪われるのです」答えながら、アイ人のアクセントをまねた。

「でも、われわれは愚痴もこぼさず、生きています」

「あんたの冷静さには感心する」プロドハイマー＝フェンケンは、本気でそう思っているように聞こえた。飲み物を選ぶ。水色毛皮の給仕がやってきて、かれを独特の目でじっと見た。飲み物をぐいとひと飲みしたあとで、かれはいった。「ヴィルリレイという者だ。わたしの懺悔を聞いてもらえるか？」

サーフォの頭皮の下がしだいに熱を帯びてきた。懺悔僧が職業として他者の懺悔を聞いているのは明らかだ。だが、この交渉はどう発展していくのだろう？　懺悔を必要とする者と懺悔僧とのあいだで、どのようなとりきめがおこなわれるのか？　サーフォはとくに神経質なほうではないが、他者の宗教的感情……その宗教がどのような性質のものであれ……を、自分の目的のために乱用することには抵抗をおぼえた。

「そのために、ここにいるのです」サーフォは居心地の悪い思いでつぶやいた。

「みそぎの額は決まっているのか？」

「あなたの罪の重さによります」いったことの意味をよく理解しないまま、サーフォは答えた。

「そう、もちろん、それが本当だ。さ、これをうけとるように」

プロドハイマー＝フェンケンは硬貨のちいさな山をサーフォのほうに押しやった。さまざまな色をした、薄い円形のクリスタルだ。価値はわからないが、アイ人のポケットから見つけた硬貨のなかには、このようなものは一枚もなかった。

「あなたは、とても意気消沈しておられるようだ」サーフォは用心深くいった。

「金は問題じゃない」ヴィルリレイは答えた。「まさに貪欲さこそが、わたしの罪ではあるのだが」

サーフォはひろい袖口からポケットのなかにすばやく硬貨をいれた。ヴィルリレイは注意深くサーフォを見つめた。かれはわたしになにかを期待している……その思いがサーフォの頭にひらめいた。だが、それはなんだろう?

「わたしの心に重くのしかかっていることを、聞こうとはしないのか?」ヴィルリレイは驚いたようにきいた。

「あなたが話すのを待っているのです」サーフォは重々しく答えた。

ヴィルリレイはグラスからひと口飲んだ。

「わたしは金持ちだ」かれは苦しげな声でいった。「だが、もうこれ以上ほしくないと思うほど、多く持っているわけではない。この惑星にきて、カルダヘルとその奇妙な趣味のことを聞いたんだが……」

5

サーフォ・マラガンは真夜中になって、やっと帰ってきた。スカウティとブレザー・ファドンはかれの身を案じていた。サーフォはこの夜の体験を語ってきかせた。ヴィルリレイからうけとった硬貨も見せたが、それがちょっとした財産であることもわかった。

「これでマスクが買えるかしら？」スカウティがきいた。

「わからない」サーフォは答えたが、内心では疑念をいだいている。かれはさらに金を増やすために、ある計画をたてていた。細部はヴィルリレイからきいた話がもとになっている。友ふたりには、なにも話さなかった。不安にさせたくなかったし、いかがわしいことでもあったからだ。

その夜はおだやかに過ぎていった。サーフォは懺悔僧の装束と硬貨を、部外者に見つかりそうもない場所にかくした。翌朝、クラッツェンスがあらわれた。今後の詳細について話しあうためだ。サーフォは前夜の体験についてはひと言も話さなかった。

クラッツェンスは持ってきた二、三枚の写真を三人に見せた。アイ人に似てはいるが、身長についての情報によればそれより小柄で、灰褐色の透明でない皮膚をした者がうっている。有柄眼のあたりは、ぼやけていて、はっきりとはわからなかった。

「これはなんだ？」サーフォはきいた。

「もっとも独創性豊かなマスク製作者のアイディアだ」クラッェンスは答えた。「この姿に変装し、それに付属した身元確認バッジがあれば、厄介な目にはあわないだろう」

「こんな人は存在しないわ」スカウティは異議を唱えた。

「いや、いるとも。そう多くはないが、ときどき見かける。アィ人突然変異体といって、アィ人の故郷惑星フォルガンⅦに近いフォルガンⅥの居住者だ。アィ人は数世代前にそこに入植した。突然変異は急速に起きたが、不都合な影響はもたらしていない」

「あんたがそういうからには、そうなのだろう」サーフォはつぶやいた。「マスクはいつ、しあがるんだ？　製作者には、どれほどはらえばいいのか？」

「作成はほぼ一日がかりだ。ここで話がまとまれば、ネリドゥウルはすぐ仕事にとりかかり、きみたちが金を工面できしだい、マスクをひきわたす。ひとつにつき、二千タリだ」

スカウティとブレザーはきょとんとしたようすでクラッェンスを見つめた。サーフォはなにを考えているのかわからない顔だが、六千タリがどれほどの価値かを知っているのは、かれだけだった。クランドホルの公爵たちは、ケリヤン居住地に貨幣鋳造権をあたえている。惑星の通貨はクラン艦隊の統一通貨とは異なるが、もちろん、相互交換は可能だった。前夜、サーフォがヴィルリレイからうけとった金額は五百タリ。アイ人から奪った小銭とあわせると、所持金は五百三十タリだ。

「それは大金だ」サーフォはいった。

「ネリドゥウルが提供する安全を考えると、高すぎるとはいえない」クラッツェンスは応じた。「では、どうやって金を調達するかを話しあおう」

かれは作戦をあれこれ提示した。サーフォの見るところ、クラッツェンスがかくまったすべての逃亡者に提示する一連の標準的計画だろう。窃盗、押しこみ強盗、艦船乗っとりなど、明らかに法律に違反するものもふくまれていた。クラッツェンスは、〝客〟が選んだ作戦をくわしく調査し、いつ行動にうつすかというタイミングを教えるところまでしか援助しない。クラッツェンスがついでに述べたことから察するに、かれは三人が遅くとも五日後にはふたたび出ていくことを望んでいるようだ。

「いまの平穏さにだまされてはならない」かれはサーフォに警告した。「防衛隊は、きみたちがどこかでかくれ家を見つけたことを知っている。すくなくとも、これまでどおりの姿のきみたちを、公共の場で探すことはしないだろう。だから、隊は住民たちに協力をもとめなかったのだ。事情に疎い者たちは、捜索は終了したとの印象を持ったかもしれない。しかし、そうでないことは断言する」

「防衛隊……青い制服を着用した者たちのことか？」サーフォはきいた。

「そうだ。たしかな筋から聞いたのだが、《トリストム》の第一艦長はキルソファーという新入りの供述を聞いて怒り狂ったらしい。キルソファー自身は法廷に召喚され、ケーリガンは、きみたちが捕まるまでケリヤンにとどまると誓ったそうだ」

「長くかからないといいがね」サーフォはにやりとしていった。

「どうやら、きみは状況を甘く見すぎているようだな」クラッシェンスは不同意の目でかれを見つめた。「警告しておく。前にもいったが、わたしは商売人だ。軽率さによって作戦を危険にさらすわけにはいかない。計画をなるべく早く進めるのが最良だと思う。どの作戦にするか、決めたか？」

「まだ、どれにも決めていない」サーフォはそっけなく答えた。「二、三時間、考え、友と話しあおう。ちなみに、懺悔僧の仕事をどう思う？」

＊

クラッシェンスは驚きのあまり、一瞬、目がおかしな方向をむいてしまった。クラン人が度を失ったさいの典型的な反応だった。

「それはとんでもない思いつきだ！」クラッシェンスはまくしたてた。「まさか、懺悔僧に変装しようと……」

「まだ、なにも決めていないといっただろう」サーフォはさえぎった。「さしあたって、懺悔僧についてすこし話してもらえると、ありがたい」

「きみがとほうもないことを考えているんじゃないかと思ったよ」クラツェンスはやや緊張をゆるめ、ため息をついた。「昨夜、ひとりの懺悔僧が襲われて盗みにあったのだ。泥棒はかれの衣服と身元確認バッジと金を奪っていった。それ以後、防衛隊はとくに懺悔僧たちをマークするようになっている。いまわしく、非難すべき犯罪だ。懺悔を聞いてくれる者には暴力はくわえないもの」

　懺悔僧の集団が生まれたのは、そう以前のことではなかったと、かれは語った。ケリヤンに定住したアイ人は、アニミズムと多神教が混合された自分たちの宗教を持っていた。しかるべき教育をうけたアイ人たちは、当局から心理学者として採用された。かれらには、心の問題をかかえる者を救う独特の流儀があった。教育に由来するのではなく、先天的なものだ。だが、ほかのアイ人たちがこれを知り、無教育の者までもが、いわゆる、さすらいの心理学者として練り歩くようになる。かれらもまた、学のある連中と同程度の成功をおさめた。しだいに、この奇妙な商売は宗教的色あいを帯びるようになり、特異な衣装を身につけた懺悔僧集団が生まれた。クラン人はアイ人と異なる独自の宗教を持っていたが、さすらいの心理学者、のちの懺悔僧たちには明らかな影響力があった。そこで、かれらは承認された。クラン人の宗教の掟には、寛容もふくまれていたからだ。

クラッェンスの言葉を聞いて、サーフォは気分が重くなった。自分はゆうべ、この惑星でだれからも嫌悪されていることをしたのだ。かれはあらためて心をきめた。あの懺悔僧に負わせた被害の埋めあわせをし、さらに、慰謝料もはらおうと。

だがまず、自分が懺悔僧として働きたいと、クラッェンスを説得してからだ。サーフォの考えは、クラッェンスにかなりの不快感をあたえたようだったが、しばらくのあいだ話をし、その懸念を吹き飛ばした。話をするうちに、サーフォは自分の計画に役だつ重要な情報をいくつか得た。

話しあいの結果、クラッェンスが夕方にもう一度もどってきて、ベッチデ人三人の決定を聞くことでまとまった。

＊

「どうして、そんな無鉄砲なことにかかわるのか、理解できない」ブレザーは不満を述べた。「銃を売ればいいじゃないか」

「それで、いくらになると思っているんだ？」サーフォは異議を唱えた。「それに、なにもかも手ばなしたら、われわれは無防備になってしまう。売ってもせいぜい四、五百タリだろう。それでは先に進めない」

「わたしたちのだれひとり、クラッェンスを人質にとろうと思わなかったのは、うれしいわ」スカウティはほほえんだ。「この問題はすべて、それで決着がつくかもしれないのに」

「ああ、たしかに、そう考えたこともあるよ」ブレザーはからかうようにいった。

「でも……？」

「でも、第一に、かれはある意味で、われわれの恩人だ。たとえ、われわれを使って莫大な金を儲けるとしても。第二に、かれが最終的にわれわれをだまそうとしているかどうかも、さだかではない。あの男が事情に通じているのはまちがいないが」

「わたしも同感だ」サーフォはうなずいて賛意を表明した。「スカウティ、きみはわれわれの誠実さを高く評価したが、それは部分的に証明されたにすぎない」

スカウティはサーフォを見つめた。

「なにか計画しているのね」それは問いではなかった。彼女はよくわかっている。スカウティに対して秘密を持つのはむずかしい、と、サーフォは思った。「でも、あなたは話したくないのね？」

「そうだ」サーフォはいった。「それに、よけいなリスクを負うのはむだだ。どれくらいのあいだ、われわれが見つからずにすむのか、だれにもわからない。もし、きみたちが捕らえられたとしても、わたしがどこにかくれているかを防衛隊に洩らしてほしくないのだ」

サーフォは正午ごろに家を出た。朝には雨が降りだし、熱帯のようなスコールが町を襲った。だが、いまは雲ひとつない空に恒星がまばゆく輝き、ずぶぬれの道路からは蒸気がたちのぼっていた。気温は三十五度、大気中の湿度は飽和状態だった。暑い真昼どき、戸外での用がない者は、冷房のきいた屋内か車内ですごしている。

懺悔僧の重いマントを着用して汗びっしょりのサーフォは、側道の家並みの裏にのびている庭をむりやり通りぬけ、次の幹線道路の手前までやってきた。かれがどこからきたのか、だれにも説明することはできなかっただろう。

＊

沐浴場がある町の南西地区は、道路がせまくて小路が多い。山々が近くまで迫ってグルダ谷を形成し、そのなかをトルスティル川がゆったりと海に向かって流れていた。沐浴場といっても、ただのまるい水盤で、まんなかから噴水があがっていた。ケリヤン居住地の創設者が、任務成功の感謝のしるしとして設置したのだ。だが、近年になると、ここを懺悔僧が独占して使うようになった。かれらは客の〝罪〟を沐浴の儀式で消しさる。昼夜を問わず、沐浴場にはすくなくとも六人の黒装束の者たちがいた。

サーフォは忠実に儀式をおこなった。ヴィルリレイに対して、そうするだけの借りがある。客の金をむだに使ってはならない。その場所は日に照らされ、一群の黒装束の者以外は、だれもいなかった。北のはずれには、古びた建物がならぶなかで、ひとつだけ六階建ての近代的な建物が高くそびえていた。正面出入口の上に発光看板がかかげられ、〝恒星間通商センター　商品仲介〟とあった。サーフォは沐浴の儀式を終えると、この建物に向かっていった。

出入口の大きなドアの奥に、快適な設備の応接室があり、年老いたクラン人が受付勤務についていた。冷房はフル回転していたが、その日は異常なまでに暑く、ドアが開くたびに湿気をたっぷりふくんだ熱い空気が流れこんでくる。老人は暑さでへとへとになっていた。

「懺悔僧に用はない」サーフォがはいっていって、へりくだった態度でデスクの前に立つと、老人はうなるようにいった。「ここでは全員、気持ちよく暮らしていて、なんの罪もおかしていない」

「自分のために祈りなさい」黒装束のフードの下から声が響いた。「わたしがここへきたのは、メンテレプに面会するためです」

「センター長のメンテレプに？」老人は疑わしげにきいた。「予約したかね？」

「いいえ」

「それなら、とっとと出ていけ！」老人は立ちあがって、叫んだ。「メンテレプも同じく、やましいことはなにも……」

背後でドアが開いた。長身で豪華な服装のクラン人があらわれた。

「なにごとだ？　この騒ぎはなんだ？」

老人はとがめるような身振りで黒装束の懺悔僧を指さし、言葉を押しだした。

「あなたに会いたがっているのです。面会予約もなく。たぶん……」

そのクラン人は、黒装束の者に目をやった。

「こんなところで、うろうろする理由はないだろう」かれはいった。「わたしはなんの罪も負っていないので、祈ってもらう必要はない」

「三万タリを楽に儲けられるチャンスを見逃すのは、ある種の罪ではありませんか？」

アクセントのある、くぐもった声が答えた。

メンテレプはつきさすような目つきになった。重いマントを貫こうとするかのように、鋭い目で懺悔僧を見すえた。三十秒ほどして、かれは心をきめた。

「こちらへ」メンテレプはサーフォにうながした。

明るく照らされた短い通廊を通って、かれらは窓のないひろい部屋にはいっていった。クラン人の概念では洗練された趣味なのだろうが、わざとらしいほど時代遅れの調度で飾られている。照明は、色とりどりのクリスタルでできたシャンデリアだ。

「わたしがメンテレプだ。なにが望みかな？」

かれはたっぷり刺繍のほどこされたクッションの上に腰をおろした。

「取引を申しでたいのです」サーフォは答えた。「あなたは裕福なカルダヘルに雇われているのでしょう?」

「彼女はこの企業の経営者だ」メンテレプは認めた。

「若く、クラン人の基準からすると、並はずれて魅力的な女性です」サーフォはいった。「でも残念なことに、ときどき、はげしい欲望にかられる。そのため、品行方正な生命の木も、悄然として葉をしおれさせます」

「カルダヘルの罪のみそぎのために、ここへきたのなら……」メンテレプは歯をむきだした。

「いいえ、そうじゃありません!」サーフォはフードの下から答えた。「この世の裕福な人々は、それなりの好みをお持ちです。木の葉《こは》がしおれたからといって、その好みを変えようとはしません。わたしがここへきたのは、カルダヘルが全財産の半分をこころよくさしだすような、ある者を紹介するため。なぜなら、彼女はそのような者に、これまで一度も面と向かって会ったことはないからです。想像してごらんなさい。その者とすごすことが、彼女にとって、どれほどの気晴らしになるかを!」

「だれのことを話しているのかね?」メンテレプはつっけんどんに、きいた。

「ベッチデ人のことです」サーフォは答えた。

「カルダヘルにベッチデ人をあてがうのか?」メンテレプは跳びあがった。「この惑星にはひとりも……」かれは話を途中で打ちきり、黒装束の者に顔を見られまいと向きを変えた。これはたしかに商売になる！　あらためて向きなおったとき、メンテレプはおちつきはらったようによそおい、「この惑星にベッチデ人は三人しかいない。防衛隊がかれらを探している。賞金がかかっているのだ」

「ひとりあたり、千タリ」サーフォはばかにしたようにいった。「カルダヘルはそんなはした金に興味はないでしょう。そして、防衛隊がわたしの……被保護者に対して出す金額より、もっと大金を、あなたはカルダヘルからうけとるのですよ」

メンテレプが罠にかかった。かれの顔からサーフォはそれを読みとった。相手の大きい目に、暗い炎が燃えている。

「カルダヘルのもとに、ベッチデ人をひとり、連れてくるというのだな？」

「そうです。そういいました。その仕事の対価および、カルダヘルがベッチデ人に飽きたときに、かれをひきとめておくための保証金として、三万タリを要求します。なにがあろうと、防衛隊にひきわたすわけにはいきませんから」

「三万は多すぎる！」メンテレプは言葉を発した。

「その手は食わないですよ。カルダヘルはその倍は出す気があると、確信します。わたしは三万タリさえもらえれば、あなたのとりぶんについては気にしません」

メンテレプはおちつきなく、からだを揺すっていたが、しまいに、

「だが、ベッチデ人を連れてくることを、だれが保証するのかね？」と、きいた。

「わたし自身です」黒装束はいった。「さ、ごらんなさい！」

サーフォはフードをつかみ、頭からぐいとひっぱった。

6

メンテレプの目の動きが定まるまで、五秒かかった。そのあと、かれはゆっくりと部屋の奥にあるデスクに向かった。サーフォ・マラガンはかぶりを振った。

「わたしがあなたの立場だったら、用心するでしょうね」サーフォは警告した。「わたしがなんの安全策も講じないで、ここまできたと思いますか？　わたしが十五分以内にこの建物から出てこなかったときは、カルダヘルまたはその部下の者が逃亡中のベッチデ人をかくまっていると、防衛隊に通報されることになっています。防衛隊のことはご存じでしょう。かれらはカルダヘルが金持ちだからといって容赦はしません。おとなしく、儲けの半分で満足することです。たがいに商売人らしく手を打ちましょう」

メンテレプはよく考えた。

「ま、いいだろう」しまいに、かれはサーフォのすすめにしたがう決心をしたようにいった。「条件をのもう」

「最重要なことはもうわかっていますね。三万タリ。一タリも欠けてはなりません。十タリ、二十五タリ、五十タリのクリスタル硬貨で。信頼のおけるわたしの知人にあずけてください。カルダヘルがわたしを……用ずみにしても、金をたしかにうけとれるように」

「そのようにとりはからおう」メンテレプは答えた。「金をあずけるさい、その場に居あわせてくれ。そうすれば、カルダヘルのもとにすぐに連れていける」

「計画があるのです」サーフォはいった。「説明しましょう。よく聞いて、途中で話の腰を折らないように。わたしはあと十分でここを出なくてはならないからです」

サーフォは朝のうちに考えておいたことを伝えた。相手はいっさい難癖はつけなかった。タイムリミットの二分前に、メンテレプはサーフォに別れを告げ……受付の老クラン人は唖然としたが……みずから正面出入口まで案内した。ふたりは友同士のように別れたが、メンテレプはひそかに悪だくみするだろうと、サーフォは思っていた。

＊

サーフォは暑さのせいで空気が揺らめく人けのない道路を、用心深く進んでいった。孤独な懺悔僧に注意をはらう者はいない。それに対して、サーフォはしじゅう目を動かしていた。メンテレプが追跡者を出すと予想していたからだ。

サーフォはカルダヘルについて、異なるふたつの事実を知った。彼女がクランドホルの公爵たちの忠実な臣下であることと、いかがわしい気晴らしにふけっていること。サーフォの計画は、この若く裕福な女クラン人が、公爵たちへの忠誠よりも楽しみにふけるほうを優先することにもとづいていた。いずれにせよ、彼女はだれも危険にさらすわけではなく、もしサーフォに飽きれば、防衛隊にひきわたすこともできる。それでも、最終的にサーフォがとりきめをした相手はカルダヘルではなく、メンテレプだ。

だが、もし思い違いだとしたら、どうだろう？ カルダヘルが、なにはさておき、忠誠を優先するとしたら？ サーフォは人けのない道路をあとにするときは、そのつど身をかくし、きた道をうかがった。追跡者の姿は見えなかった。

六角形の家のあたりまできたときは、すでに正午から数時間も過ぎていた。メンテレプが追跡者を出していないのはたしかだった。日が沈みはじめると、町の住人たちが戸外に出てくるので、道はあふれかえる。サーフォは足を速めた。クラツェンスの警告が念頭にあった。防衛隊は、前夜に懺悔僧を襲った泥棒を探している。もし呼びとめられたら、襲われた僧の身元確認バッジを見せるか、あるいは、バッジを持っていないと白状するかのいずれかだった。どちらの場合も面倒だ。

なぜ、こんなことばかりしているのだろう？ なぜ自分たちは《トリストム》にとどまり、ケーリガンの選んだ場所まで運んでもらわなかったのだ？ なぜ、三人の人生はこのところ、ことあるごとにクランの法律に抵触するのが目標であるかのように進んでいくのか？　おのれの意志に反してクラン艦隊の任務につくよう強要されたことへの怒りというのは、真実なのだろうか？

いいや、違う。理由はほかにあった。三人はクラン人世界では異人だ。帰属感がないのだ。クラン人が自分たちに艦隊任務を強要したにせよ、しなかったにせよ……サーフォ自身は、それを非難することをためらっただろう。かれは、自分とスカウティとブレザーが、先祖の伝説の船を探す好機をつかんだことに感激したのをおぼえている。公爵たちに仕える義務を感じてはいなかった。種々の生物があふれる公国で、ベッチデ人は三人だけだ。かれらの捜索は幽霊船に向けられ、その残骸を見つけてからは、謎めいたクランドホルの賢人を探しだすのが目標となった。それがクラン艦隊の意図と合致しないなら、自分たちの道を行くしかない。

だからこそ、かれはこんな重苦しい黒装束に身をつつみ、グルダのうだるように暑い通りを苦労して移動し、青い制服の者たちが近づいてこないかと、フードのかげでたえず目を光らせているのだ。裕福な女クラン人カルダヘルの倒錯した遊びの相手として雇われたいと、偽りの申したてをしたのも、そのためだった。

どれも罪ではない、と、サーフォは自分にいいきかせた。ただ、いきづまった状態を最良のものにしようとつとめているだけだ。そのため、罪のない懺悔僧を襲ったり、懺悔を必要としていたプロドハイマー＝フェンケンをぺてんにかけたり、メンテレプ相手に、思っただけでも吐き気がするような役を演じてみせたのだ。

サーフォは運命がかれに背負わせようとしている重荷に逆らっていた。それが非難すべきことなのだろうか？

かれにはわからなかった。

＊

クラッェンスはまだ、なにもいってこなかった。とりきめを守っているのだ。サーフォはしぶしぶ、友ふたりに自分の計画を明かしたが、極力、裏の事情には触れないようにした。ブレザーだけが相手なら、それほどむずかしくなかっただろう。だが、スカウティにはかくしごとはなにもできなかった。彼女はいった。

「そのメンテレプとやらが、お金をぜんぶ自分のふところにいれる計算をしているとしても、なぜそんな提案をうけいれたのか、理解できないわ」

「策略なんだ」サーフォは答えた。「ある貴重なものをわたすと、わたしがしつこく、いったのだ」

「貴重なものって、なに？」

サーフォは燃えるような目で彼女を見すえ、

「わたし自身だ」と、疲れたようにいった。

かれは前夜、カルダヘルや彼女の遊び相手について、ヴィルリレイから聞いたことを話した。ヴィルリレイは富を増やすため、みずからを彼女に捧げようとしたが拒否され、その屈辱がきっかけとなって内省的になり、自分の罪を悔いるようになったという。サーフォが話しおえると、スカウティは信じられないという目でかれを見つめた。

「そんなことに関わりあいになるつもり？」彼女はきいた。

「いや、そのつもりはない」サーフォはかぶりを振った。

「でも、もしメンテレプが公正な男だったら？　もしかれが、あなたの儲けをくすねようとしていなかったら？　そのときは、あなたも同じく公正に義務をはたすことになるんじゃないの？」

「そうなったら、義務をはたす」サーフォは苦々しげに笑った。「とはいえ、いかがわしい欲望を持つ女クラン人のなぐさみ者になるより、約束を破るほうがましだが」

スカウティは深刻な顔をした。なにが彼女を苦しめているのか、サーフォにはわかる。キルクールにいたころ、かれらは規則にしたがって生きていた。クロード・セント・ヴェインによれば、《ソル》の船内規定を原典とするりっぱな規則だ。各人に立場を割りあて、不正を追いはらっていた。キルクールから遠くはなれるほど、三人は古来の規則に違反することが多くなっている。長い目で見ると、それはかれらに不幸をもたらしかねない。たとえ、古来の《ソル》の法がおよばない環境にいるとしてもだ。

サーフォは肩を落とした。なにをいうべきだったのだろう？　これを最後に、そんなことはしないと？　これからはキルクールとクランの規則にしたがって生きると？　そんな偽りを信じさせようとしても無意味だ。自分たちの目標は定まっている。それを妨害するものがあらわれるたびに、どれかの規則を無視することになるだろう。それが三人の運命だ。変えることはできない。

スカウティにはサーフォの思いがわかった。かれのほうに歩みより、その腕をなでた。

「最後には、きっと、うまくいくわ」彼女はいった。

＊

六角形の家は人けがなく、見捨てられたようだった。サーフォは乾いたパンと缶詰の肉で、遅い食事をとった。日が暮れたのは一時間前だ。クラッェンスがいつあらわれるか、わからなかった。急いで出発しなければ、ばったり出会うかもしれない。

家にだれもいないのがわかったら、クラッェンスはどれほど憤慨するだろう。想像すると、すこしばかり愉快になった。商売人のクラッェンス！　あてにしていた儲けのチャンスがふいになったと思うにちがいない。だが、本当に、儲けだけが動機なのだろうか？　サーフォにはいまだに答えがわからなかった。クラッェンスに対しては、なんの恨みもいだいていない。損得だけのために三人を助けたとしても、クラッェンスはかなりのリスクをひきうけたことになる。保護していた者たちが家を出ていったと知って、パニックにおちいらないといいのだが。自分たちにはまだ、かれが必要だった。だが、おそらくだいじょうぶだろう。クラッェンスのようなやり手は、そうかんたんに窮地に追いこまれたりしないものだ。サーフォはかれにメモをのこしておこうかとも思ったが、それは不可能だという明白な理由があった。

かれは出発した。懺悔僧の装束で、庭をつきぬけていった。切りたった崖に向かって進み、しまいに、六角形の家があるところと同じような道路に出た。山に向かってゆるやかな傾斜になっている。屋内に明かりがともる、ひっそりとした家々のそばを通っていった。だれが住んでいるのだろう? 町のこの地区は、ひとりを好む者たちが快適に暮らす、恵まれた住宅地のような印象をあたえる。

サーフォはむだな考えを押しやった。集中を必要とする任務があるのだ。通りのつきあたりには岩塊がごろごろ転がっていた。多くは大人の背丈以上の大きさだ。かれはあたりを見まわし、山腹を見あげた。万事、順調のようだ。メンテレプはどこにも先遣隊を配置していない。いまのところ、メンテレプには誠意があるように見えた。

サーフォは恒星間通商センターでの会話を思いだした。クラン人たちとの長いつきあいから、かれらの顔つきを読み、表情から感情の動きを知ることを学んだので、メンテレプの欺瞞《ぎまん》を確信していた。金はまちがいなく持ってくるだろうが、いったんサーフォの身柄を確保したあと、申しあわせた金額をわたさず、着服するにちがいない。一タリもむだにしたくないのだ。だまされた者が、詐欺の被害をどこに訴えるというのか？

鈍い音が、道路に響いてきた。グライダーのポジションライトがあらわれる。サーフォはわきによけ、岩塊のひとつにもたれた。懺悔僧のマントを着用して、フードを深くかぶり、瞑想にふけっているかのように見せかけていた。

＊

メンテレプはグライダーから降りて、サーフォのほうに向かってきた。

「きていたんだな」メンテレプは悪気《わるぎ》のない調子でいった。

「はい、きました」サーフォは答えた。「で、約束の報酬はどこにあるのですか？」

「グライダーのなかだ。どこかに運びたいのはわかっている。いっしょにグライダーでとどけにいかないか？」

「答えはわかりきっているのに」サーフォはぶつぶついった。「一度、あなたのグライダーに乗ってしまったら、あなたとその仲間たちに自分の身をゆだねることになる。お断りします。金が安全に、わたしの知りあいの手にとどくことが肝要です」

「ま、いいだろう。好きなように」メンテレプはもどかしげな身振りをした。「用心しすぎだと思うが。それに、助っ人はひとりしかきていない。とりきめは最後までやりとげるつもりだ」

かれらはグライダーに向かった。メンテレプが合図して乗りこむ。もうひとりのクラン人の姿が見えた。ちいさな容器を持っていた。サーフォはその場に立ったままだ。

「恐れる必要はない」と、メンテレプ。「ただの助っ人だ。金を見せようとしている」

サーフォは安心したが、メンテレプの言葉の選び方が気になった。金を見せるだけではないのか？　容器を持ったクラン人が近づいてきた。ばねじかけの蓋がついた小箱だ。蓋が開くと、遠くの明かりをうけて、たくさんのクリスタル硬貨がきらめいているのが見えた。サファイアブルーの五十タリ、金色の二十五タリ、毒々しいグリーンの十タリがのぞいていた。

「当然のことですが、数えたいと思います」サーフォはいうと、メンテレプを鋭い目で見つめた。

「もちろんだとも。そんなに、わたしのことが信じられないのなら」メンテレプは、いらだっているようだ。

サーフォは一万タリまで数え、のこりは大まかに見積もり、小箱に三万タリはいっているとの結論に達した。

「満足です。では、これから、信頼のおける知人のところまで歩いていきましょう」

メンテレプは同意をしめすしぐさをしたが、その手の動きは、どこかいらだたしげに見えた。サーフォが目をあげると、メンテレプはおちつきなくあたりを見まわしていた。外目には悠然として、かれはいった。

「いいだろう。では、案内してもらおうか」

サーフォは北西をさししめした。万が一にも、捜索者を六角形の家のそばに近づけるようなヒントをあたえないことが重要だった。

「歩きにくそうな土地だな。グライダーで行かなくてもだいじょうぶかね？」メンテレプは苦痛を訴えた。

もちろんだいじょうぶだが、べつの意味では、ますますわけがわからなくなってきた。メンテレプは本当にここから出発するつもりだったのか？ いったいどういう計画なのだろう？ 危険がないと見るや、すぐに自分を捕まえるものとサーフォは予想していた。ところが、メンテレプはいたって無害な感じの助っ人をともなってあらわれた。自分はこの男について、それほど大きな思い違いをしていたのだろうか？

「さ、行きましょう」サーフォは誘い、ためらいがちに動きだした。

かれが目のすみから観察していると、メンテレプの顔を満足げな表情がかすめた。その瞬間、サーフォは足音を聞いた。力強い声が響きわたった。

「とまれ！ だれも動くな！ われわれは防衛隊だ」

＊

道路のつきあたりの、ひっそりとした場所が、どぎつい光で照らしだされた。山麓《さんろく》の藪のなかから、防衛隊の青い制服姿のがっしりしたクラン人三人があらわれ、銃をかまえる。サーフォは一瞬、混乱した。メンテレプについて思い違いをしていたのだろうか？　儲けを度外視して治安当局に通報するほど、忠誠心があったのか？　わけがわからない。いったいメンテレプは、なんのために金を持ってこさせる必要があったのか？　みずから姿を見せなくても、この件をすべて防衛隊に一任すればよかったのに。

この三人は、別人が変装しているか、または買収されたのだろう。メンテレプは、不可抗力のせいで決着したように見せかけることによって、だまされたサーフォの非難をかわそうとしたのだ。

サーフォは制服を着用した三人のほうを向いていった。

「防衛隊はいつから、懺悔僧の不可侵特権をおかすようになったのだ？」

隊員のひとりがあざけるようなうなり声を発した。

「おかしな懺悔僧だということは、とっくにわかっているのだ」

そのとき、隊員がよろめき、前のめりに倒れた。あまりにも急で意外だったので、上のほうから響いてきた甲高《かんだか》い怒りをふくんだ声に、サーフォ以外はだれも気づかなかった。ふたりめの隊員は腕を高くあげ、うめくようなため息を洩らしながら、くずおれた。三人めは最後のときがきたことをようやく理解し、ひと跳びで藪のかげにかくれて安全をはかろうとしたが、目に見えない守護者のほうが速かった。最後の隊員も、道路の縁に達しないうちに、撃たれた。

「やられた！」メンテレプと助っ人は恐怖のあまり、身をこわばらせていた。メンテレプはうなって、動きだし、グライダーのほうへ跳ぶように走りだした。

サーフォは行動を起こした。マントを脱ぎすてて発砲。メンテレプが倒れ、二秒後には助っ人も倒れた。サーフォは銃をベルトにもどし、ふたたび変装をととのえた。

「万事、うまくいった」かれは故郷の言葉を使って大声でいった。

山腹のほうで音がした。サーフォは防衛隊員三人が岩塊の上に立てておいた投光器をとって、その場の光景を照らしだした。スカウティとブレザーがあらわれると、人けのない道路のつきあたりは、ふたたび闇につつまれた。

「あぶないところだったわ」スカウティは息を切らしていた。「ちょうど、くつろいでいるときに、あの防衛隊員三人がやってきたの。わたしたちと同じことを考えていたので、もうすこしで、ぶつかるところだったわ」

「メンテレプがきみを裏切るかもしれないと思ったんだ」ブレザーがつけくわえた。

「こっそりきみを迎えにいき、注意しようかと思ったのだが、スカウティが反対した」

ブレザーは暗闇にとけこんだ影のように動かない隊員たちに目をはしらせた。「なにがなんだか、さっぱりわからない。隊員たちはなんのためにやってきたのだろう？」「お飾りとしてだ。わたしを連行し、遅かれ早かれカルダヘルにひきわたすつもりだったのだろう。で、金はすべてメンテレプの手にわたる」サーフォは小箱を探し、意識を失った助っ人のそばで見つけた。蓋は開いていない。サーフォは小箱をマントのポケットにいれ、グライダーに乗りこんだ。「メンテレプがほかにもなにか持ってきていないか、見てみよう」サーフォがいうのを、スカウティとブレザーは聞いた。

サーフォは数分で首尾よく見つけた。メンテレプはサーフォとのとりきめより、はるかに大きい額をカルダヘルに要求していた。その差額はメンテレプの正当な儲けになるはずだったが、かれはサーフォのとりぶんまで自分のものにしようとしたのだ。操縦システムの下の引き出しにプラスティックの小袋があり、なかに、ルビー色の千タリ硬貨が二十枚はいっていた。サーフォはそれを持ちだした。

「ね、この男はまだ意識があるわ！」サーフォがグライダーから降りようとしていると、スカウティが道路のわきから叫んだ。

それは三人めの防衛隊員だった。死にものぐるいで藪まで跳び、身をかくそうとした男だ。ショック銃はかれをかすめただけだった。麻痺してはいたが、目を開け、周囲でなにが起きているかを見聞きしていた。サーフォは男の上にかがみこんだ。

「きみが見せかけだけで青い制服を着用しているのか、それとも、本当に防衛隊の一員なのか、わたしにはわからない。もし本当に防衛隊員なら、上司たちへの重要なメッセージを託したい。かれらにいうのだ。ベッチデ人三人には政治活動をする意図はまったくなく、公爵三人の政敵でも、公国に住むクラン人およびその他の種族の敵でもないと。われわれには自分たちの目標があり、だれにも悪意をいだいてはいない」

防衛隊員はサーフォの言葉を理解した。そのことはかれの目から読みとれた。だが、メッセージを上司に伝える意志があるというしぐさはしなかった。サーフォは疑念をいだいた。もしかれがほんものの防衛隊員なら、メンテレプに買収されたわけだから、自分の身を守るため、この夜の出来ごとについてはだれにも話さないかもしれない。

「出発したほうがよさそうだ」サーフォはあたりを見まわして、いった。「四十ないし五十分たったら、全員が意識をとりもどすだろう。それまでに、できるだけここからはなれていなければならない」

サーフォは意識的にクランドホル語で話をした。三人は出発した……北東へ。クラッエンスの六角形の家があるのとは反対の方角だった。

7

反対方向に迂回したため、帰りつくのにほぼ一時間かかった。途中で、サーフォ・マラガンは懺悔僧の衣装を脱いだ。もうこれに用はなかったし、懺悔僧に変装するなと、しつこく警告していたクラッェンスが見たら、怒り狂うだろうと思ったからだ。

家は無人だった。クラッェンスがきていたとしても、訪れた痕跡がのこらないように気を配ったにちがいない。三人は奪った硬貨をぜんぶならべた。スカウティとブレザー・ファドンは一万五千タリずつを、のこった二万タリをサーフォがとった。ブレザーは満足げににやりとした。

「こいつは儲かる商売だ」かれは楽しげに笑った。「このやり方で生きていける」

ブレザーが目をあげると、サーフォのこわばった顔が見えた。ブレザーは自分の言葉が好意的にうけとめられなかったことを知った。

「そうだな」ブレザーは当惑したようにいった。「ところで、成功すると腹が減る。この金で食事がしたい」

ブレザーは家を出ようとした。だが、その瞬間、ドアが開き、クラッェンスがはいってきた。肩をそびやかし、力いっぱい足を踏みしめるので、床が震動する。黒い大きな目は怒りに燃えていた。

「裏切り者！」クラッェンスはどなった。「わたしはきみたちを助けたのに、裏切ったな」

サーフォは冷静な目でかれを眺めた。

「興奮は理性を曇らせる」サーフォはいった。「裏切ってなどいない。でなければ、ここにいないはずだ」

「くだくだしいおしゃべりをしているひまはない」クラッェンスは低い声で脅した。「ここにいるようにとたのんだのに、きみたちは家をはなれた。もうこれ以上、関わりを持ちたくない。即刻、出ていってくれ。二度と顔を見たくない！」

サーフォはクラッェンスの声にこもる不安の響きに気づき、不審に思った。なにがあったのだろう？　クラッェンスはなにを恐れているのだろう？

「あんたは、われわれに好意をいだいて助けたのではない」サーフォはいった。「目的は利益を得ることだ。それをいま、一挙に失ってもいいのか？　だれかにちょっとした恐怖を吹きこまれたからといって？」

クラッェンスは罠にかかった。

「ちょっとした恐怖だって？　われわれの仕事は危険なもの。冷静さと決断力が必要だ。意気地なしにこの商売はつとまらない。だが、ある人物の名前を聞いて震えあがらぬ者は、ひとりもいない」

「だれの名前だ？」サーフォはきいた。

「ハンターのバルクハーデンだ」クラッツェンスはいった。

＊

一瞬、場はしずまりかえった。それから、スカウティがいった。

「バルクハーデンがケリヤンにいるの？」

「きょう、ついた」クラッツェンスはせかせかと答えた。「クランドホル公国にとって最大の敵は兄弟団だ。ケリヤンに本拠を持つ兄弟団が、もっとも強大で勢力があるといわれている。バルクハーデンにケリヤンの兄弟団を一掃させようというのだ。バルクハーデンはきみたちの事件を聞いたにちがいない。きみたちを捕まえるまでは、じっとしていないだろう」クラッツェンスは絶望的な身振りをした。「わたしはこれ以上、きみたちを助けるわけにはいかない」

サーフォは立ちあがった。

「われわれを助ける以外に、あんたのとるべき道はない」かれはきびしくいった。「狙っていた以上の利益が得られるんだぞ。バルクハーデンが手がかりをつかむひまもないほど、なにもかも、あっという間にかたづく」

「わたしを脅す気か？」クラッツェンスはとどろくような声でいった。

「いや。ただ、とりきめから逃げないでもらいたいだけだ。われわれが金を手にいれれば、マスクを調達すると話しあったのをおぼえているだろう？」

「もう手遅れだ！」クラッツェンスは言葉を押しだした。「もう時間がない。わたしの計画だと……」

「あんたの計画はどうでもいい」サーフォはいった。「わたしには独自の計画があり、成功した。金はここにある。あとは、ネリドゥウルがマスクを完成させたかどうかだけが問題だ」

「完成させたとも」クラッツェンスは熱意をこめて断言した。「しかし、金をどうやって……つまり、どこから……」

「それも、どうでもいいことだ」サーフォは手でさえぎった。「あんたが知らないでいれば、ほかの者にも知られずにすむ。そのマスク製作者は、われわれの訪問に対して準備ができているのか？　かれのところに行くことはできるか？」

クラッツェンスはしだいにおちつきをとりもどした。

「確認はすぐにできる」かれは答えた。「しかし、考えてみてほしい。そんなにやすやすと……」

「さ」サーフォはポケットに手をつっこむと、血のように赤い千タリ硬貨六枚を低いテーブルの上に置いた。

クラツェンスはちらりと目をはしらせたが、すぐまた、自制心をとりもどした。

「たしかに」かれは感嘆した。「きみは金を持っている」

「ネリドゥウルはどうなっているのだ？」サーフォはたずねた。「バルクハーデンの存在が本当に危険なら、早く行動にうつしたほうがリスクは減る」

「了解した」と、クラツェンス。「ネリドゥウルはいつでも、われわれを迎えいれる」

＊

クラツェンスのグライダーは近くに駐機してあった。かれはまず町の中心部へと飛び、そのあと南に向きを変え、交通量がすくない道にそって飛んでいった。しまいには、幅のひろい水路につきあたった。

「ネリドゥウルが住んでいるのは最高の環境ではない」クラツェンスは上機嫌だった。

「より正確にいうと、あれ以上、うさん臭い場所は探せなかっただろう」

一行はグライダーを降りた。水路の縁にボートが係留されている。流体力学的には欠点がないが、構造的にはやや不格好だった。クラン人がつくるボートはすべて同じだが、甲板が湾曲している。これは実際は屋根なのだ。屋根の下には、クラン人の基準から見ると快適な設備の大きな部屋があり、前のほうに、操舵席とそれに付属した制御装置がとりつけられていた。周囲は開閉できる窓にかこまれていた。

全員でボートに乗りこむ。クラッェンスは、操舵席の一連のスイッチをオンにした。ボートはゆっくりと動きだした。かれは船室のまんなかでくつろいでいる三人のもとにもどってきた。操舵はオートパイロットがひきうけた。

水路の汚れた水が舷側を洗っているなかで、サーフォはきいた。

「ネリドゥウルは何者だ？　どうやって生計をたてている？」

「年老いたプロドハイマー＝フェンケンだ」クラッェンスは答えた。「ここに住んでどれくらいなのか、だれも知らない。自分では、最初の入植時にきたといっている。だが、わたしの思いだすかぎり、そのころ水色毛皮の生物は、まだ公国の一員ではなかった。かれは彫刻家だ。一流の芸術家だといわれている。わたしはそれについては、なにもわからない。ただ、かれのマスクがすばらしいことだけは、わかっている」

サーフォは思いに沈みながら暗い水面を見つめた。ところどころで照明が輝いている。ボートは人口密集地域に近づいていった。わきの水路からべつのボートがあらわれた。舷灯が緑とオレンジにまたたいていた。遠くで、夜空にほの暗い光が見え、雷雨の接近を告げていた。

「バルクハーデンがそれほどまでに巧みなハンターなら、われわれのような逃亡者がマスクを必要とすることくらい、すぐに考えつくはず。すぐれた彫刻家は当然、すぐれたマスク製作者でもあると、見当をつけるだろう。つまり、かれはすでにネリドゥウルの周辺に探りをいれたか、または、見張っている可能性がある」と、サーフォ。

「そのとおり」クラッツェンスは答えた。「防衛隊もばかではないが、バルクハーデンのようなハンターはそれ以上だ。たしかに、ネリドゥウルは疑われている。わたしもその仲間のひとりだ。ただ、肝心なのは、それをぜったいに証明できないということ。ネリドゥウルは危険を察知すれば、すぐに知らせてよこす。われわれは、ときには逃亡者をひきわたすことによって、当局の嫌疑をそらしている」

「そんなことが起こるのか？」

「こちらが望む以上に何度も」クラッツェンスの大きな目が悲しげに輝いた。「われわれの要求額が高すぎるからといって、詐取しようとする忘恩の徒がいかに多いか、きみには信じられないだろう。裏切りを知った時点で、われわれは自分の身を守る。こちらがうけとるべき報酬をわたそうとしない者が、逃げおおせた例は多くない」

この言葉の裏に脅しがかくされていると、サーフォにはわかった。公正にやらないとひどい目にあうぞ、と、クラッツェンスはそれとなく、いったのだ。

いきなり雨が降ってきた。継ぎ目のない壁のような豪雨がボートの屋根をたたき、水路のしずかな水面を泡だてる。稲妻が濃いグレイの闇を切りさき、鳴りひびく雨音のなかで雷鳴がとどろきわたった。サーフォはボートの動きが遅くなったと感じた。視界が悪いため、オートパイロットが自動調整したのだ。

「もうすぐだ」クラッツェンスはいった。「ネリドゥウルは水路のまんなかの島に住んでいる。建物は一棟しかない。二階にはかれの住まいと工房があり、一階には汚らしい居酒屋がある。雨が降っていなければ、そろそろ騒音が聞こえてくるところだ」

サーフォはいまなお、さっきのクラッツェンスの言葉について考えこんでいた。クラッツェンスとネリドゥウルは公正に金をはらった逃亡者までも、防衛隊にひきわたすのだろうか？　いや、それはありえない。法律違反者たちの取引には信用が不可欠だ。もしクラッツェンスが金をうけとりながら裏切るとしたら、客を相手にするのもそれっきりになるだろう。詐欺を働いたのに処罰されないとの噂がひろまったなら、やがては、かれの儲けを詐取しようとする者たちとしか関わりを持てなくなる。それは道理だった。取引する双方が誠実である場合のみ、望んだとおりの成功をおさめることができるのだ。

雨音を通して、ぼんやりと、くぐもった音がきこえてきた。最初にボートの明かりが見えた。まるで水中を泳いでいるかのようだ。サーフォの注意は、水路のずっと向こうで明滅するライトに向けられた。弱まる雨のなか、緑とオレンジに光っている……かれは距離を推しはかろうとした。土砂降《どしゃぶ》りのなかにあのボートが見えてから、距離は縮まっていた。手動で操舵している。オートパイロットを切っているのだ……でなければ、雨のあいだに近づいてくることはできなかっただろう。

「どうやら」サーフォはいった。「背後から、だれかが追ってくるようだ」

＊

見知らぬボートは、どのボートとも変わりなく見えた。暗闇のなかでは輪郭だけしか見えない。判断の助けになるべき細部はかくれている。水面では、どぎつい色とりどりの光が輝いていた。それは、ネリドゥウルが二階に工房を持っているという居酒屋の窓からさしてきていた。

「このまま進もう」クラツェンスは決めた。

「それはまずい」サーフォは抗弁した。「もしあれが防衛隊のボートだったら、停止を命じられ、船内のわれわれは見つかってしまう。われわれ三人は、ここから姿を消す。島をはさんで相手の反対側にまわりこめるか？」

「相手のボートがぴったり追ってくるのでないかぎりは」クラツェンスは距離をはかった。かれは不審げにサーフォを見つめた。「どこへ行くつもりだ？」

「ネリドゥウルのところだ。かれがマスクを持っている」

「わたしの警告はわかったな？」クラツェンスは制御装置の前にうずくまり、いくつかのスイッチを操作しながら、きいた。

「はっきり、わかっている」サーフォは答えた。「あんたを裏切るつもりはない。ネリドゥウルを説得し、マスクを持ってわれわれに同行するようにいうから、あんたの指定した場所で落ちあおう。そこで、取引を完了させる」

クラッツェンスは何秒か考えたあと、承諾の身振りをした。

「わたしの居場所はネリドゥウルが知っている。とりきめのことをかれに話してほしい。だが、用心するように！　すべてがわたしの承諾のもとにおこなわれたのだと、かれが信じないかぎり、きみの立場は危険になる」

サーフォはうなずいた。かれの合図で、ブレザーが右舷の窓のひとつをそっと開けた。船内は暗かったが、明るく照らされた島が急速に近づいてきた。かれらは光のとどく範囲までこないうちにボートから降りる必要があった。島の西端では、多くのボートの暗いシルエットがしずかな水面で揺れていた。

サーフォは追跡者がいないかを目で探った。ボートが島の北側を通りすぎていくあいだに、サーフォはすこし後退し、南側の通路に向かう。

まずスカウティがボートから水にはいった。用心したので、音はしなかった。ブレザーとサーフォがあとにつづいた。かれらは塩分をふくんだ温かい水中にもぐり、島の西岸のボートだまりの目前で、ふたたび水面から浮かびでた。

サーフォはあたりを見まわした。青と黄色の舷灯をつけたクラッツェンスのボートは、水路の下流に向けて二百メートルほど動いていた。追跡者は島をひとまわりし、島をはなれると、すぐにクラッツェンスの航跡のほうへと針路をとった。すべては順調だ。クラッツェンスが停止させられても、危険はない。

サーフォは目の前にそびえたつ建物に注意を向けた。三人は多数のボートのあいだを縫って上陸した。建物の輪郭は四角形で、その大きさは強い印象をあたえた。二階のベランダは木の柱でぐるりとかこまれ、柱の下のアーケードにはベンチ、テーブル、クッションが置かれていた。一階の内部と同じように、居酒屋の客たちがそこですごしていたが、それほど活発な動きはない。短時間にはげしく降った雨が、酒飲みたちを追いはらったのだ。開いた窓のすくなくとも三ヵ所から、大声の調子はずれの歌が響いてきた。なかでは、色とりどりの服装をした者が大勢、動いているのが見えた。クランドホル公国に属するすべての種族がいるかのように見えた。

サーフォの計画にとって、これ以上に好都合な状況はないだろう。戸外から二階に登るための階段はないが、そのかわり、よじのぼるのにうってつけの柱があった。登るさいの物音を気にする必要はない。居酒屋から響いてくる騒音は、耳を聾さんばかりだったからだ。

かれらは島の南岸に向かっていった。そこは砂地で、水面に向かってゆるやかなくだりになっていた。ボートを係留するには適さない土地だ。西岸よりも、ここは見つかる危険がすくない。スカウティとブレザーは藪のなかにそっとかくれた。サーフォはふたりに、その場からけっして動かないようにと念を押した……かれが呼んだとき、または、明らかに危険の徴候があるときはべつとして。

それから、サーフォは柱をよじのぼりはじめた。

8

居酒屋の明かりはベランダまでは洩れてこなかった。階上のここは真っ暗で、目がふたたび暗闇に慣れるまでは、二階の窓やドアを風雨にさらされた古い壁と見わけるのはむずかしかった。水路からたちのぼってくる悪臭は、前方に大きくはりだした屋根の下がとりわけひどいようだ。空気は耐えられないほど蒸し暑かった。

サーフォ・マラガンは窓枠を手探りした。窓は開いており、カーテンが閉まっているだけだった。そのずっしりとした布地を押し開く。内部のどこかに明かりがあればと願ったが、どこもかしこも真っ暗だった。もしネリドゥウルが在宅していなかったら、どうしよう？

サーフォは低い窓枠を乗りこえた。うしろ手にカーテンを閉めると、下から響く騒音は、くぐもって聞こえてくるだけとなった。投光器を持ってくればよかった。

「ネリドゥウル」かれは声を出した。「友の依頼をうけてきた者だ」

だが、暗闇からはなんの応答も返ってこなかった。階下の居酒屋のものではない音が聞こえないかと耳を澄ませたが、静寂と暗闇しかない。サーフォは用心深く二、三歩進み、なにかにぶつかった。低いテーブルだとわかり、わきによけて、さらに前に進んでいった。ベルトからショック銃をぬき、安全装置をはずしておく。

次に、両腕をひろげると壁にぶつかるような場所にきた。通廊だ。サーフォは慎重に手さぐりしながら進んでいった。一定の間隔をおいて、くりかえし声に出す。

「ネリドゥウル、友の依頼をうけてきた者だ」機械的に祈りを唱えているかのようだった。

左側の壁が動いた。どこからともなくさしこんできた光が、がっしりした姿の輪郭を浮かびあがらせた。ひとつ目の巨人キュクロプスを思わせるゆがんだ目が、陰険な光を帯びている。サーフォは跳びすさって、反対側の壁にぶつかった。大きな音が響く。

通廊の奥のほうから、年老いた者のかすれた忍び笑いが聞こえてきた。明かりがともる。サーフォは壁に背中を押しつけたまま、反対側の通廊のアルコーヴをじっと見つめた。そこには異形《いぎょう》のクラン人をあらわす彫像が立っていた。発育不良の肩、グロテスクに曲がった腕、下顎が垂れさがった歯のない口、額のまんなかには、ゆがんだ大きな目。立像は、はっとするほど生気に満ちていた。だが、芸術家の想像のなかで、この創造物はどううつっているのだろう？

不気味な忍び笑いが近づいてきた。通廊のつきあたりに、身長一メートルもない小人のような人影があらわれた。汚れたグレイの毛皮から小房状に毛がぬけおち、大きい腫れもののようなむきだしの肌があらわになっている。目はつきさすように鋭く、発育不良の黄色い牙《きば》が下唇からつきでていた。ちっぽけな両手の指先には、もう何年もはさみをいれたことのなさそうな鉤爪があった。

「ツァペルロウに驚いたかな？」老いたプロドハイマー＝フェンケンは甲高い、あざけるような声できいた。

「ツァペルロウ？」サーフォは立像をしげしげと見つめ、戦慄をおさえることができなかった。「この立像が、クランドホルの公爵のひとりを表現しているというのか？」

この会話は相手をおおいに楽しませたようだ。

「本当のところは、わからない……外見の印象にかぎっていえば」老人は答えた。「公爵たちを見る楽しみを一度も味わったことはないから。だが、ツァペルロウの行動と考え方から判断すると、このような外見であるにちがいない」

ネリドゥウルがクランドホル公国の現在の権力者たちに好感をいだいていないのは明らかだ。だが、サーフォは政治的な議論には関わりたくなかった。

「あんたの芸術には感嘆している」かれは心からそういった。「しかし、この化け物に暗闇で出会ったら、どんなに大胆不敵な者でも肝をつぶすことだろう」

ネリドゥウルは突然、真顔になった。

「きみはベッチデ人のサーフォ・マラガンだな？」

「そうだ。クラッツェンスが、わたしをここに連れてきたのだ」

ネリドゥウルは首をかしげた。サーフォはこれまでに、頭のなかば禿《は》げたプロドハイマー＝フェンケンを見たことがなかった。

「連れてきたというより、途中で降ろしたのだろう」ネリドゥウルはからかうようにいった。

「われわれを観察していたのか？」

「そうだ。感心したよ。防衛隊はきみたちがボートから降りるのを見ていなかった。水路の下流のどこかで、なんらかの口実をつくってクラッツェンスをひきとめ、自分の追跡が間違っていたことに気づくだろう」

「クラッツェンスが追われていることが不安ではないのか？」サーフォはきいた。

「不安はわれわれの職業の一要素だ」ネリドゥウルは曖昧な身振りをした。「バルクハーデンのようなハンターがきたからには、追われる以外になんの損害もこうむらないことをよろこばなければならない。まさか、ハンターたちが一般的な法律執行の手つづきを無視してもいい全権をあたえられていることを、知らないのか？」

「知らない」サーフォはネリドゥウルの冷静さに驚くと同時に、内心の不安がつのってきた。「クラッツェンスと落ちあう約束をした……あんたもマスクを持ってきてくれ」

「用心深いクラッツェンス」ネリドゥウルは忍び笑いをした。「だれかにだまされるのではないかと、いつもびくびくしている。どこでかれと落ちあうかは、わかっている。マスクだな！　まず、それを見てみないか？」

「準備できているのなら、もちろん」サーフォは同意した。本当は、できるだけ早く出発したほうがいいと思っていたのだが。

「あそこにある」ネリドゥウルは通廊のつきあたりにあるドアをしめすと、通廊を進んでいったが、ツァペルロウの名をつけた像の前で、一瞬、立ちどまった。かぼそいといってもいい手で石の衣装の襞《ひだ》をなでながら、怪物のような像に向かっていった。「残念だ、わが友。だが、あなたの後継者も、まちがいなく、あなたのように堂々たる存在になるだろう」

サーフォがこの言葉の意味を理解したのは、ずっとあとになってからだった。

＊

部屋はせまく、数えきれないほどの謎めいた道具でいっぱいだった。なんともいえないにおいが漂っている。ネリドゥウルは混乱のなかから、合成ゴムの袋のように見える、だらりとした無色の物体をもってきた。

「これがマスクだ」かれはいった。

「わたしをからかっているのか？」サーフォは唖然として、その見ばえのしないものを見つめ、不満を述べた。

だが、ネリドゥウルは真剣だった。

「とんでもない！　わたしはたんに、用心深くこの分野の最新の材料を使って作業しているだけだ。いったい、毎日どれくらいの数の訪問客がきて、わたしの芸術作品を讃嘆の目で見ていくと思うのかね？　本当に芸術に関心がある客と、わたしがまた逃亡者のためにマスクをつくっているのではないかと嗅ぎまわる防衛隊員とを、どうやって見わけると？　いいかね、防衛隊はわたしに疑いをかけているのだ。証明こそできないものの、かれらの疑念はびくともしない」

ネリドゥウルはサーフォにマスクと称する物体をわたした。

「かれらがこれを見て、マスクだと思うとしても……つまり、かれらがいかに賢明で、専門分野に通じていても……マスクが効果を発揮するとき、どう見えるかは知らない」

「効果を発揮する？」サーフォはあっけにとられて、くりかえした。

「わたしはこの材料をメモシミルと呼んでいる。自分で開発したものだ」ネリドゥウルの声にふくまれる誇りを聞き逃すことはできなかった。「これは記憶を持つんだ。ある一定の温度で加工し、望みのかたちにして、そのあと冷却すると、かたちを失い、きみが見たような、どことといって特徴のないつまらぬものになる。そのあと、加工したときと同じ温度になるまで熱すると……ふたたび、わたしがつくったときのかたちをとりもどすのだ！」かれがにやりと笑ったとき、発育不良の牙が半分ほど、下唇にうがたれた穴から出た。「自分の体温を知っているか？」

「おおよそ三十六度だ」サーフォは答えた。

「ぴったりだ。わたしはこのマスクを三十四度から四十三度の温度範囲で加工した。ときどき、とりわけ恒星の下では、かなりの高温になるから。さ、見てみろ」

かれはサーフォの手からマスクをとってひろげた。サーフォの触った個所がでこぼこになっている。合成ゴムのなめらかな表面に、有柄眼のかたちができあがっているのを、サーフォは茫然として見つめた。

ネリドゥウルは腕をのばしてマスクを高くあげた。数秒とたたぬうちに、有柄眼はふたたび消えた。

＊

ネリドゥウルはさらに五つ、だらりとしたかたちのないものを見せた。かれはそれらを次々に吟味し、そのうちの三つは無造作に床に投げた。

「ふつうは、このようなむだは必要ないのだが、近くにバルクハーデンがいるとすると、とくに用心するだけのことはある」

「あんたはマスクを三つでなく、六つつくったのか？」サーフォはきいた。

「いや、そうではない、三つだけだ。六つぶんの金をだれが支払ってくれる？」ネリドゥウルは楽しげに忍び笑いした。「床に投げたものは、加工前の材料だ。でも、万一、変装した防衛隊員がほんもののマスクを見たとしても、あとでこれらのにせものを発見したら、もうわたしが客にマスクをわたすことはできないという結論に達するだろう」

サーフォはいやな予感がしはじめた。

「ちょっと待っていてくれ」ネリドゥウルはいうと、姿を消し、一分後、またもどってきた。腕にかかえていたのは、ごみためからひろってきたかのようなもののよせあつめだった。サーフォは一枚の毛皮、数個の古い骨、ぼろぼろに擦りきれた服を目にした。

「信じられるかね？　これらのものは、わたしとまったく同じ重さで、全体として、わたしのからだと同じ構成要素からできているのだ」かれはそれらを、にせもののマスク三つからそれほどはなれていない床に落とした。「それが理解できれば、すべての生命はとるにたりないものだと考えるようになるだろう」

「ここのすべてを放棄するつもりなのか？」サーフォは驚きながらいった。

「そうするしかないのだ」ネリドゥウルは真顔で答えた。「われわれの同業者仲間には、古くからの規則がある。バルクハーデンに二度までなら出会ってもかまわないが、三度めは命に関わる、というものだ。わたしはすでに二度出会った。そろそろ、ずらかる潮時にきている」

サーフォはその言葉に暗にふくまれる意味について考え、いった。

「残念ながら、わたしはマスク三つぶんの金しかはらえない。それ以上の大きい支出ができるほどの金持ちではない」

ネリドゥウルは挑発するように、大声で笑った。

「心配無用だ、友よ。マスクの価格には、このようなリスクにそなえた割増料金もふくまれている。わたしのすることとは、最初から計画に組みこまれているのだ。このように長いあいだ、この場所にとどまっていられた運命に感謝している」

「居酒屋の客たちはどうなるのだ?」サーフォはきいた。

「なにもかも、心配のないようにしてある」ネリドゥウルはサーフォを安心させた。「きみにとり、わたしはすべてのならず者のなかでも、とりわけ良心のない者かもしれない。だが、知性ある者たちの生命には高い敬意をはらっている……さっきは、あのようにいったが」

「わたしはべつに、あんたをそんなふうには……」サーフォはおちつかない気分になった。かれはネリドゥウルの言葉をくりかえしたくなかった。「むしろ逆に、あんたとじっくり話ができればうれしいとさえ思っている」

ネリドゥウルは抜け目なく、サーフォを見つめた。

「なにについて？　すべての生命が持つ、より深い意味についてか？」

「いや、違う」サーフォは辛辣《しんらつ》な皮肉を聞き流した。「クランドホルの公爵たちについてだ。ツァペルロウをなぜあのように表現すべきだと考えたのか。また、賢人のことも」

プロドハイマー＝フェンケンは準備を終えた。

「どうかな。いつか、その機会がくるかもしれない。きみは賢い男だ。質問に答えるのが楽しみだ」サーフォのほうに疑わしげな視線を投げて、「二重保持者なんだな？」

「そうだ」

「そして、兄弟団を探している。そもそも、どっちの方角をめざせばいいのか、わかっているのか？」

「いや。クラツェンスはなにもいってくれなかった」

「正確なことを知らないからだ」ネリドゥウルはちいさな手をあげて、なだめるようなしぐさをした。「間違った判断をしてはいけない。わたしの知識もかぎられているが、兄弟団の拠点がウナデルンにあることは知っている。そちらをめざすのだ」

「友ふたりもいっしょに」

「かれらも二重保持者なのか？」

「いや」

　ネリドゥウルは考えこんだ。

「かれらがうけいれられるかどうかは、わからない。兄弟団には独自の考え方があるので」かれは散らかっている工房を、しげしげと眺めた。「いずれにしても、きみのもとめるものが見つかるように祈っている」

　その声にふくまれる不吉な響きを、サーフォは聞き逃さなかった。

「なにがいいたい？」と、質問する。

　ネリドゥウルは開いたドアをさししめした。

「なんのために、ここにきたのだ？　おしゃべりと議論のためか？　やるべきことがあり、時は切迫している」

*

　その部屋には見おぼえがあった。サーフォが窓を乗りこえてはいった部屋だ。ぶつかったテーブルも見えた。いまは鈍く赤い照明がともっていた。光はカーテンの外には洩れていない。

　ネリドゥウルは部屋の壁に設けられた小型の操作盤をいじった。

「もちろん、通常の出入口からは出られない。きみがきたのと同じ道を行こう。マスクは持ったか？」

サーフォはマスクのはいったポケットをたしかめるようにたたいた。衣服の内側が層になっていて、体温が伝わる心配はない。

「あのつつみも持っていくといい」ネリドゥウルはすすめ、窓辺の床に置かれた、かさばったつつみを指さした。

「なかに、なにがはいっているのだ？」サーフォは質問した。

答えはもう得られなかった。居酒屋から甲高い警報が聞こえてきたのだ。声のどよめきは一瞬しずまったが、ふたたび音量を増した。荒々しい叫び声が巻きおこる。クラン人のとどろくような声、プロドハイマー＝フェンケンの甲高い声、ターツの神経質なり声がいりまじっていた。せかせかした足音、水に落ちるような音も聞こえる。

サーフォは煙のにおいを嗅いだ。

「居酒屋の店主は壊れたフライパンを使っている」ネリドゥウルはいった。「危険だと何度も注意したのだが、かれはわたしの忠告を聞き流した」

階下では、正真正銘のパニックが起きていた。ネリドゥウルは照明を消した。サーフォがカーテンを開けると、赤い炎が色とりどりのネオンといりまじって揺らめくのが見えた。火災は主として建物の西側で猛威をふるっていた。南側のここでは、建物の外面はまだ闇につつまれている。

「出発するのがいちばんんだ」ネリドゥウルはまた、話しはじめた。「店主には気の毒だが、かれの失う道具はわずかで、家具調度の大半と建物はわたしのものだ。保険会社はひそかにほくそえむだろう。損害保障金を支払おうとしても、被害者がどこにも見あたらないのだからな」

サーフォにとって気が重いのは、友ふたりへの心配か、年老いたプロドハイマー＝フェンケンのおしゃべりか、いずれなのかわからなかった。かれはつつみをわきの下にかかえこむと、窓からベランダにおりた。だれかが水路のほうから建物を見たとしても、炎で目がくらむだろう。サーフォはつつみを下に落としたあと、敏捷《びんしょう》な身のこなしで跳びおりた。ボートが係留されている場所では、大騒ぎになっていた。客たちはできるだけ早く安全な場所にうつろうとしていた。サーフォはスカウティとブレザーがかくれている藪のほうへ忍びよった。ネリドゥウルはすぐうしろからついてきた。

「ああ、よかった……」スカウティはサーフォが見えると、立ちあがったが、かれのうしろからプロドハイマー＝フェンケンがあらわれたのを見て、口をつぐんだ。

「ここで待て！」ネリドゥウルはいった。「わたしのボートが前方にある。この騒ぎのなかでは、だれもわたしには気づくまい」

火災は建物の東部分にまでひろがっていた。二階の窓にかかっていたカーテンが動き、煙が窓の開口部から洩れでてきた。空気は急速に熱され、ベッチデ人三人はかくれ場にいるのがしだいに耐えられなくなってきた。

そのとき、長いボートが島の岸にそって慎重に進んできた。細いわたり板がどこからともなくのびて、砂にめりこむ。スカウティは身をかがめながら、急いだ。ブレザーがあとにつづき、つつみをひきずっているサーフォがしんがりをつとめた。

わたり板はすぐにひきあげられた。湾曲した甲板の下のゆったりとした船室では、ネリドゥウルが制御装置の前にすわり、逃げていく者たちが押しあいへしあいするなか、西に向かってボートを操縦していった。火は水上の先まで光を投げていた。遠くから、サイレンの響きが迫ってきた。消防ボートが航行中だが、手おくれになりそうだ。木造の建物は赤々と燃えていた。ときどき、逃げていく者たちの頭が水中からあらわれ、ネリドゥウルはかれらを避けた。四人にはさしせまった危険はなかった。水路の岸が近づいてきた。

ネリドゥウルのボートも岸に向かって進んでいた。かれは西に数百メートルほど進んだのち、わきの水路の入口へと操縦して、百八十度、方向転換し、弱いエンジン出力で流れに逆らってボートをとめた。

船室のなかは暗かった。制御装置の近くだけ、ちいさい補助ランプがついていた。ネリドゥウルは窓に近より、黙って水上に目をやった。消防ボート数隻がようやく火災現場に到着したが、もはや、手のほどこしようがなかった。大きい木造建物は崩れおちて、高いところでは火の粉が飛び散っていた。送風機がはげしいうなりをあげ、過冷却状態の半液体窒素を燃える建物に振りまいているのが、遠くからでも聞こえた。

そのあと、さらにボート二隻があらわれた。細身でかたちのいい大型のものだ。一隻は偶然そばを通りかかった野次馬が乗っているかのように、現場に近づいていった。外見はあてにはならない。本当に野次馬が乗っているなら、消防隊に追いはらわれたことだろう。大型ボートの一隻は島に接岸し、もう一隻は水路を横切った。

「やつらだ。探りをいれにきたのだ」ネリドゥウルはいったが、辛辣な口調ではなかった。「バルクハーデンが最初に上陸するにちがいない」

かれは制御装置にもどった。島とは反対側の水路の南岸から、ゆっくりと町の中心部に向かって進んでいくボートを気にとめる者は、ひとりもいなかった。炎はほぼ消され、わずかに、オレンジがかった赤い色が空中に漂っているばかりだった。

「ひとつの時代が終わった」ネリドゥウルが悲しげにいった。

9

トルスティル川は両側が切りたった高い山峡の底を流れていた。朝が近づき、東にはあらたな一日の曙光《しょこう》がさしそめていた。その右のほうにはふたつの衛星、ヘルキーズとアンドルが、相《あ》いかわらず同じ軌道をめぐっている。

町は長いボートの背後に去り、その輝きはしだいに消えた。大河の左、すなわち東岸には丘陵があった。熱帯植物を通して、明かりと、家というよりは城のような建物の輪郭が、鈍く光って見えた。トルスティル川の岸を形成する土手を通って、ひと筋の水路が東に向かって勢いよく流れている。ネリドゥウルはボートをそこへ操縦していった。

両側の壁がボートの上方で閉じ、トンネルになる。ボートがそのなかにはいると、ネリドゥウルはエンジンを弱めた。水路のつきあたりで、ボートはとまった。明るく照らされたベトンの斜路が、ゆるやかな登りとなって上へとつづいていた。かれらはボートから降りると、ネリドゥウルの案内で、斜路を登っていった。反重力シャフトで建物の上部に向かう。ネリドゥウルは同伴者たちを豪華な設備の大きな部屋に案内した。エキゾティックなかたちの照明で照らされていて、窓はせまいものがひとつあるだけだ。窓からは、〝城〟の塔のまるみの向こうに川が見おろせた。

「クラッエンスはいますぐにも、到着するにちがいない」ネリドゥウルはいった。「そうすれば、われわれは商売を最後まで進めることができる」

サーフォは床に置いたつつみを指さした。

「なかになにがはいっているのだ？」かれはきいた。これで二度めだ。

「開けてみればいいじゃないか」と、プロドハイマー＝フェンケン。

開けてみると、さらにふたつ、ちいさな不ぞろいのつつみがはいっていた。サーフォは軽いほうを開けたが、そこには、軽量のコートのような衣服三枚と、紐で結ぶサンダルが三組はいっていた。

「フォルガンⅥのアイ人たちは、独特の服装をする」ネリドゥウルは説明した。「これらのコートとサンダルは、ほんものに近い。きみたちは艦隊の青いブーツを脱いだほうがいい。南へ行って宇宙港から遠ざかるほどに、艦隊乗員の姿を見ることはまれになるから」

サーフォはうなずくと、ふたつめのつつみを開けにかかった。なかから、懺悔僧が着用していたような重いマントがあらわれたのを見て、かれは驚いた。

「懺悔僧の衣装は、変装にはいつも役にたつ」ネリドゥウルはサーフォの怪訝《けげん》なまなざしに応えた。「きのうまでは無条件にそう確信していた。だが、昨夜、あることが起きたせいで、状況はすこし変わった。ひょっとして、なにかそれについて知らないか？」

サーフォは答えなかった。ポケットに手をつっこみ、身元確認バッジと硬貨をとりだした。

「お願いがふたつある。きっと、あんたなら聞きとどけてくれると思う」かれは真顔でいった。

「話してみるがいい」ネリドゥウルはうながした。

サーフォはバッジとサファイアブルーの五十タリ硬貨を二枚わたした。

「この金は、そのバッジに名前のある者のもの。わたしのお詫びのしるしとともに」

「貧しい懺悔僧が百タリもポケットに忍ばせていたって？」ネリドゥウルは感嘆するように口笛を吹いた。

「いや、もっとすくなかった。のこりは慰謝料だ」

「なんとかしよう」ネリドゥウルは金をポケットに押しこんだ。「それで、第二の願いとは？」

「あんたと同じ種族の、ヴィルリレイという者を知らないか？」

「ああ、聞いたことはある。頭のいい商売人だ。しかし、ときどき、商法の規定をいたっておおらかに解釈しすぎるとの噂だ」

「かれのせいではないと思う」サーフォはいった。「あんたたちの法律のことは知らないが、わたしはヴィルリレイに、これだけの借りがある」サーフォはネリドゥウルに五十タリ硬貨を十枚わたした。老プロドハイマー＝フェンケンは当惑したようにサーフォを見つめた。

「五百タリもの金をゆだね、わたしがそれを、悪党だと思っている男に手わたすと信じるのか？」

「信じると同時に、たのんでもいる」サーフォは答えた。

ネリドゥウルの目が不思議な輝きを帯びた。サーフォに触れようとするかのように、手をさしのべる。だが、最後の瞬間、かれはもっといいことを思いついた。十枚の硬貨を、懺悔僧の全財産をしまった場所に押しこみ、こういったのだ。

「ありがとう、友よ」ネリドゥウルは感動に震える声でいった。「わたしの商売では、このように全幅《ぜんぷく》の信頼をよせられることは、めったにないのだ」

弱いベルの音が聞こえた。

「クラツェンスにちがいない」ネリドゥウルはいった。「かれがどんな報告をするのか、待ちどおしい」

＊

「ニュースでは、だれからもよく知られた彫刻家ネリドゥウルの死を報じている」クラツェンスはいった。「建物が焼けおちたとき、かれも死んだ、と。火災はかれの住居と工房の下にある居酒屋で起きた」

ネリドゥウルの目は輝いていた。

「そうこなくては。このネリドゥウルがどれほどおかしな変わり者だったかも、悪名高い飲み屋の二階に住みついていたことも、たっぷり報じただろう」

「たしかに、話題になっている」クラツェンスは認めた。

「よし。それが情報屋たちのひろめる話だが、問題は、防衛隊の何人がそれを信じるかだ。とくにバルクハーデンが。かれをあざむくことができれば、われわれはこのゲームに勝ったことになる。だが、もしそうでないとすると……」ネリドゥウルは言葉をつづけるかわりに、曖昧な身振りをした。

「あんたにはもう関係ないだろう」と、クラン人。「すでに逃げおおせたから」

ネリドゥウルは独特の笑みを浮かべた。

「あんたも心配無用だ、わが友クラツェンス。あんたのことは、だれもなにひとつ証明できない。われわれのなかで、あんたほど潔白な者はいないのだから。ところで、わたしはべつに急いでケリヤンを去るつもりはないのだ。まだもうふたつ、使い走りがかたづいていない。もっとも、そのあとでは、身の危険を感じるだろうがな」

「ふたつの使い走りとは？」クラッツェンスはきいた。

ネリドゥウルは拒否のしぐさをし、質問には答えなかった。

「それよりも、商売を最後までかたづけてしまおう」かれは提案した。

「そうだな、いい考えだ」クラッツェンスは応じたが、サーフォの目には、どこかおちつきなく、いらだって見えた。「きみたちはマスクをうけとったのか？　満足したか？」

その問いはサーフォに向けられたものだった。

「マスクはうけとったが、まだためしてはいない。でも、わたしはネリドゥウルの技を信頼している」

「それはよかった。きみは、われわれに六千タリの借りがある」

サーフォはテーブルの上に硬貨を出して数えた。

「なんて美しいんだろう」ネリドゥウルは厳かにいうと、血のように赤い千タリ硬貨をポケットにおさめた。クラッツェンスも同じく、自分のとりぶんをそっとしまった。

「わたしはもう行く」クラッツェンスはいった。「厄介な日になりそうだ。ある筋の者たちが執拗に噂している。昨夜、かの裕福なカルダヘルが、けっこうな額の金を奪われたとか」かれはサーフォ・マラガンを疑わしげな目でちらりと見た。「よりによって、あのカルダヘルが。信じられない。なにか、あんたの助けになることはないか？」

ネリドゥウルは否と答えた。

「あと数分だけ、われわれの友と話がしたい。そのあとで、わたしも消える」

「では、ネリドゥウルときみたち三人の幸運を祈る」クラッツェンスは明らかに急いで、せかせかといった。「兄弟団を見つけだせるように。そして、かれらが約束を守るように」

ふたつめの言葉は警告だ、と、サーフォは狼狽《ろうばい》しながら思った。逃亡者は助けるが、兄弟団を全面的に信頼はしていないということ。サーフォがそれについてたずねるチャンスはなかった。クラッツェンスは姿を消してしまったからだ。

「これ以後はきみたちも自立するのだな」ネリドゥウルはいった。「きょうはこの家に泊まればいい。わたしの知るかぎり、この家はだれのものでもない。きみたちがここにいるとはだれも思うまい。隣りの部屋にはニュースを聞くための装置もある。いつも最新情報には通じているように。フォルガンⅥについてできるだけ多くの情報を図書館サービスから得るようにするといい。突然変異したアイ人だと自称するには、その情報が役にたつ」

ネリドゥウルは考えこむように、しばらく黙っていたが、ようやくつづけた。

「きみたちのめざす土地は南にある。わたしがきみたちの立場なら、直接そこには向かわないだろう。バルクハーデンの身になって考えてみるといい。賢い男だ。わたしのトリックが成功したなら、かれはきみたちがマスクを調達できなかったと思うだろう。マスクなしではウナデルンに到着する望みはない。では、どういう逃げ道がのこされているか？　グルダのどこかに身をかくすか……いずれかの宇宙船に密航者として乗りこみ、ケリヤンをはなれるか。バルクハーデンはあらゆる可能性を考える。きみたちが北に向かったと思わせることができれば、数日間は自由に動きまわれるだろう」

サーフォは床に置かれたふたつのつつみに目をやった。突然、その重いほうのつつみの重要性がわかった。

「移動手段があれば、ことはかんたんだ」サーフォはいった。「わたしは町の北部のある界隈を知っている。そこなら、防衛隊の目をくらますことができるのだが……」

「ふたつの倉庫のあいだで、ときどき懺悔僧が見つかる場所ではないのか？」ネリドゥウルはうれしげな顔をした。

「そうだ。でも……」

「いうのを忘れていた」老プロドハイマー＝フェンケンはさえぎった。「いっしょに乗ってきたボートを、きみたちにあげよう」

「ボート？」サーフォは唖然として相手を見つめた。「あのボートをわれわれにゆだねると？　そんなことは……それは不可能……あれはすくなくとも……」

ネリドゥウルは拒否するように手を振った。

「心配せずともいい、わが友よ。あのボートには一タリもかかっていない。あれはクラツェンスとわたしをだまそうとして防衛隊に逮捕された男のものだ。われわれは最初から男の意図を見破っていた。その卑劣な野郎に、一瞬たりともわたしの貴重な作業時間をつぶされたくなかった。ボートにはなんの標識もついていないし、登録もされていない。出どころについてもだれも知らない」

「感謝する」サーフォは心からいった。

「さて、お別れのときがきたようだ」ネリドゥウルはいった。「お涙ちょうだいも、ひしと抱きあうのもなしだ。きみたちの幸運を祈る。もう二度と会うことはあるまい。なぜなら、これからわたしの行くところには、だれもついてこられないからだ。わずかな時間だったが、ともにすごせて楽しかった」

かれは手を振ってあいさつし、歩みさった。サーフォには忍び笑いが聞こえた。

「よりによって、カルダヘルからとは……」

10

マスクの有柄眼は動かすことができた。額の筋肉の動きが、マスクの内側にかくされている器官運動メカニズムによって目に伝えられるのだ。頭蓋はふつうのアイ人と同じくでこぼこして、表面のくぼみをさまざまに光らせることができた。アイ人は、フォルガンⅥの突然変異体もふくめて、このくぼみを一定のリズムで明滅させることによって、たがいに意思疎通する。こうしたアイ人式の〝モールス信号アルファベット〟は、習得するのが非常にむずかしい。

目の下には、押しつぶされたような平べったい鼻が、独特のかたちをした顔を飾っていた。さらにその下に顎袋があり、栄養物を摂取するときには上向きにめくることができた。これは発声器官ではない。だが、クランドホル公国領の居住惑星に定住しているアイ人は、顎袋の襞を使ってクランドホル語の言葉を発音することを学んだ。わずらわしく、時間のかかる意思伝達法だが、クラン人にはほとんど理解できない明滅信号によるコミュニケーションにくらべれば、ひとつの進歩だった。

サーフォは指先で自分の人工の顔に触れた。合成の皮膚はなめらかで、ほとんどの部分は黒ずんでおり、頸にも透明になりそうな部分はない。フォルガンVI原住のアイ人と突然変異体との差は、その不透明な皮膚にあった。

サーフォは顎袋を動かして、クランドホル語の単語を二、三、話してみた。そのさい、自分の声帯を使ったのだが、マスクを通して聞こえてくる声は、あまりにもひずんでいて、まるで皮膚のしわがたてる音であるかのように聞こえた。鏡にうつる自分を眺めてみると、マスクは疑いもなく、ネリドゥウルの無比の傑作であった。だが、やはり難点はある。自分の正体が露見しないかと、いつも注意していなければならないだろう。

たとえば、呼吸のリズムだ。鈍重で冷静なアイ人にくらべると、自分は本質的に速い。食事のさいの嚙む動きも。アイ人は嚙まずにのみこむのだ。最悪なのは手。アイ人の手は指が八本ある。マスクは首の付け根より数センチメートルほど上までしかおおっていないので、手の指が五本だというベッチデ人の外見は変えることができなかった。

コートに身をつつみ、つねに用心を忘れなければ、なんとか困難を切りぬけていけるかもしれない。ほかの人々の近くでは、コートのポケットに手をつっこみ、呼吸のさいは何度も息をとめるしかないだろう。食事のさいは、だれからも見られないようにしなければならなかった。だれかにそそのかされて、うっかり手を出すようなことは、ぜったいに避けなければ。ケリヤンに住んでいるフォルガンVIのアイ人は避けて通らなければばならない。遭遇すれば、とりかえしのつかないことになる。図書館サービスによればだが、この惑星に住むフォルガンⅥのアイ人は、さいわいにも二百人以下だという。つまり、いたるところでアイ人との遭遇を覚悟しなければならないほどではなかった。

サーフォは鏡のなかの自分に最後の一瞥《いちべつ》をあたえたあと、目をそらした。自分たち三人の計画は、かんたんなものではなかったが、かたづけなければならなかった。

＊

「ここを水路が流れ、それに向かってこの側道がはしっている。それも、北からだ」サーフォは土地の地形をはっきりさせるために、床に置いたクッション数個をならべかえた。「側道の西側には歓楽街があり、信じられないほど多くの酔っぱらい、一攫千金《いっかくせんきん》を夢みる者、恋わずらいの者、その他ありとあらゆる者が群《む》れ集《つど》っている。ここがわれわれの逃げ道だ。この混雑にまぎれこんでしまえば、だれも発砲できないだろう」

「防衛隊はその界隈を封鎖すると思うけど」スカウティは疑念を述べた。

「われわれを捕まえるにしても、すぐにはできない」サーフォは抗弁した。「すこしでも追跡者をひきはなしたら、すぐにマスクをつけよう。マスクをつけても完全に安全だとはいえないから、できるだけ足を速める。すくなくとも、すれちがう者たちが、われわれを指さすことは、もうないだろう。当面は別々になり、安全な場所で、ふたたび落ちあおう」

「その安全な場所って、どこ？」スカウティはきいた。

「クラッェンスの家だ。水路のつきあたりからすこし西にある。ここに幹線道路がはしっていて……」サーフォはクッションを動かした。「……その上に陸橋がある。陸橋のたもとから、家まで数百歩だ」かれは微笑をうかべた。「クラッェンスが早くも次なる逃亡者たちを、そこに住まわせているとは思えない。家は無人で、われわれは二、三時間、そこで安全にすごせる」

サーフォは友の顔を順に見つめた。まずブレザーだ。のちのち子や孫に語って聞かせられそうな、奇想天外な冒険を楽しみにし、顔じゅうを輝かせている。これから遭遇する危険の大きさについて、ほとんど気づいていないようだ。警告を発したほうがいいのだろうか、と、サーフォは思案したが、警告の言葉はこの雰囲気のなかでは、ふさわしくなかった。それに、ブレザーがじたばたしたら、スカウティが心配するだろう。

スカウティ……サーフォは彼女のほうに視線をさまよわせた。自分はスカウティを愛している。この瞬間、以前にも増して、そのことをはっきりとさとった。日は沈みかけていた。彼女といっしょにいられるのは、あと二、三時間だ。

そのあとは？　再会することがあるのだろうか？

スカウティはサーフォの目に浮かぶ悲しみを見て、怪訝そうに眉を吊りあげた。サーフォはかぶりを振った。いや、いまはまだ、その話をすべきではない！

＊

サーフォは二時間でボートの操作をおぼえ、まるで、生涯ずっとボートの操作にあたってきたかのように習熟した。

トルスティル川は船べりにそってものうげに流れていた。窓は開かれ、生暖かい夜風が吹きこんできた。山腹から漂ってくる花の香りを帯びている。だが、まもなく風は変わり、町のにおいを運んできた。塩けをふくんだ水やごみや汚物のにおいのほか、夜の二時に、さまざまな好みを持つ何百人ものために用意された食べ物のにおいが集まってできた、名づけがたい空気だった。

グルダの市街地図が操作盤の上にほの暗く光っている。サーフォはオートパイロットのスイッチをいれ、通りすぎる水路の出入口を数えた。ブレザーとスカウティはそばで、しゃがんでいた。つつみは床に置かれていた。クラン艦隊の金属製ブーツは砂を満たして川に沈めた。かれらは艦隊の褐色の制服に、紐結びのサンダルというでたちだった。マスクをつつんだコートは、ベルトに押しこんだ。それはいたって目だたない荷物に見える。だれからも注意をはらわれないといいのだが。

サーフォは光る地図のほうを向き、万一、追跡者から逃げるさいに選ぶべき道を指でなぞった。スカウティとブレザーはかれの動きを、熱心にとはいわないまでも、注意深く目で追っていた。かれらはすでに十回以上も、このシミュレーションをしてきた。道路の配置は意識に刻みこまれている。

三時半、サーフォはボートを、トルスティル川から北西に向かう幅のひろい水路へと操縦した。水路はボートの往来で混みあっていた。ありとあらゆる色の舷灯がまたたき、水にうつっていた。オートパイロットは速度を落とし、ときどき、不意に方向転換した。ほかのボートとの衝突を避けるために。

半時間後、サーフォのめざすわきの水路の出入口があらわれた。ボートは主水路の右側を動いていた。わきの水路の出入口に達するには、対向してくるボート複数のあいだを横切らなければならない。オートパイロットはすこし待って、方向指示機を作動させた。

サーフォはあたりから一瞬たりとも目をはなすことはできなかった。決定的瞬間が近づいていた。わきの水路を四百メートル進むと、かれが懺悔僧を襲った場所にやってくる。そこからは歓楽街だ。三十秒後には、フル出力でボートを進めることができる。わきの水路を行くボートの数はすくない。サーフォの計画に必要な突発的事態をまねくには、ここはおあつらえ向きの場所だ。

主水路を小型ボートの一群がやってくるのが見えた。交通違反をおかして密集しているのは、オートパイロットがないか、切っているか、いずれかだった。サーフォは大きな赤いキイを押した。かなりの抵抗があったのち、警告音が鳴りひびいた。それでもサーフォは、これ以上押しても無効というところまでキイを押しつづけた。オートパイロットが沈黙した。サーフォはボートを航行させた。小型ボートの一群が近づいてきた。かれらが危険に気づくまで、しばらくかかった。サーフォは舷灯の明かりのなか、小型ボート一隻の左舷の窓辺に、銀色に輝く鱗のターツが一体いるのを見つけた。ターツは腕を振って、サーフォに合図を送ろうとした。

サーフォはそれには応えなかった。小型ボートの一群は、いまや、わきの水路の出入口の間近に迫っていた。サーフォのボートは、そこに向かってまっしぐらに進んでいた。水上にけたたましい叫び声が響きわたり、エンジンの鈍い轟音を圧倒した。サーフォは自分のボートの船首を食いいるように見つめた。だれも傷つけたくないし、だれも重大な危険にさらしたくはない。だが、防衛隊をこの場に呼びよせるには、事故を起こすしかなかった。

舷側と舷側がすさまじい音をたててぶつかり、ボートがぐくんと動いた。小型ボートの乗客たちが数名、パニックにおちいって開いた窓から跳びこむ水音がした。ターツたちはいっせいに抗議の声をあげた。サーフォは自分の声が相手に聞こえるように、窓にぴったり身をよせて、叫んだ。

「規則どおりに操縦していれば、こんなことは起きなかったのだ！」

この事故に関わりのない二、三隻のボートは、高速で走りさっていった。サーフォは損傷を調べた。衝突した小型ボートは横にかたむき、ゆっくりと沈んでいった。乗客たちは舷側をこえて逃げだした。負傷した者はひとりもいなかった。

遠くでサイレンが鳴りだし、その音は急速に近づいてきた。事故の目撃者たちが防衛隊に急報したのだ。投光装置ふたつが、ぎらぎらした円錐形の光を水上にはなった。警察ボート二隻のうち、一隻が事故現場の手前でとまった。もう一隻は波頭をたてながら近づいてくると、思いきって大きい弧を描き、ぶつけられたボートとサーフォのボートのあいだに進みでてきた。

「なにが起きたのだ？」クラン人の声が水路上にとどろいた。

ターツ六体が同時に答えた。警察ボートの左舷に青い制服姿のクラン人ふたりがあらわれ、サーフォのボートをうかがった。

「おい、事故を起こしたのはきみたちか？」そのうちのひとりが大声でいった。

「あっちのボートは交通違反をしていた」サーフォは答えた。

「ボートにぶつかる理由にはならんだろう！　じっとしていろ。こちらから行く」

警察ボートは方向転換し、防衛隊員のひとりが、サーフォのボートに跳びうつろうとした。サーフォはまだ舷辺に立っていた。クラン人が舷側の幅ひろい縁に足を置いたとき、サーフォは身をかがめて外に跳びだし、こぶしでクラン人のからだをつきとばした。クラン人は驚きの声を発し、うしろ向きに水中に落下した。だが、かれはサーフォが見せたかったものを見た。

「きてみろ！　あの連中だ！」クラン人は金切り声で叫んだ。「ベッチデ人はここだ！」

サーフォは全速力でボートを発進させた。ボートは態勢をたてなおし、水から跳びあがらんばかりの勢いで前進した。波だつ航跡に警察ボートは大揺れに揺れた。サーフォのボートはわきの水路から向かってきた二隻のあいだを、すれすれに通りぬけた。防衛隊の反応はきわめて速かった。かれらもまた、ボートを発進させた。二隻めは投光装置を上向きにして、一隻めのあとを追った。だが、サーフォがさっき命知らずの操作で混乱させたボート二隻が行く手をさえぎっていた。警察ボートはその二隻を迂回していかなければならず、それによってサーフォは、数秒、時間稼ぎができた。

これが、かれの計画のきわどい瞬間だった。わきの水路上を行きかうボートはすくない。もし、防衛隊がこちらに向かって発砲に踏みきっていたら、サーフォは友を失っていただろう。

「準備はいいか！」サーフォは、歓楽街の明かりを前方に見て、キルクール語で叫んだ。右側には倉庫群の暗い影がのびていた。前方には、水路におりる斜路へつながる裏通りがあった。「あと十秒！」

サーフォは左に向かって反動をつけた。この操作をしなければ、五十ないし六十メートル先に進めたが、どうしても必要な処置だった。斜路はいま、まっすぐ目の前にあった。岸を行く居酒屋通いの者たちが気づいて、腕を振って叫んだ。とくに要領のいい数人は、斜路のそばから急いで後退した。

ボートの船底がかたい地面にとどき、轟音がした。ボートはかたむき、火花が飛び散った。ブレザーとスカウティは支えを失うまいと、窓枠にしがみついていた。

ボートは速度をゆるめた。いたるところでパニックが起きた。群衆は四散した。

「出るのだ！」サーフォは大声でいった。ブレザーとスカウティが開いた窓から逃げるのを見て、その背後から短い祈りの言葉を唱えた。ボートは水路の岸を三十メートルも行きすぎて乗りあげた。どこかから煙が出ていた。サーフォはつつみを力いっぱい蹴った。つつみが開き、懺悔僧のずっしりとした黒い衣装があらわれた。

サーフォは開いた窓のひとつから跳びだし、肩をまるめて外に転がりおちた。電光石火の速さで立ちあがる。一部の群衆が逃げこんだ裏通りをめざしたが、倉庫の正面につく直前に、急に右に曲がった。倉庫の前は暗かった。ここなら、数秒前までどぎつい明かりの居酒屋や売春宿に目をやっていた者のだれにも見つかるまい。かれはすばやく振り向いた。さらなる幸運に助けられた。ネリドゥウルのボートが燃えだしている。摩擦熱のせいで、可燃性の素材に火がついたのだ。一群の防衛隊員が急いでやってきて、燃えるボートから、まだ救出可能なものを救いだそうとしている。まず、懺悔僧のマント三枚が、かれらの手に落ちることだろう。

サーフォは倉庫ふたつのあいだのせまい道をすりぬけていった。数日前の夜、意識不明の懺悔僧から、衣装などを奪った場所だ。かれは大急ぎでマスクをつけ、かたちがととのうまで待ってから、コートを着用した。そのあと、水路の岸までもどっていった。燃えさかるボートが野次馬たちをひきつけている。防衛隊は野次馬を追いはらうだけでも手いっぱいだ。サーフォは明るく照らされた建物にそって進んでいった。かれに気づく者はだれもいなかった。どこからともなく、あわただしい足音が聞こえてきた。防衛隊は大声で命令を伝えて、歓楽街を閉鎖しようとしていた。

だが、遅すぎた。サーフォが歩行者用の陸橋まできたとき、現場の騒音は、背後で弱いざわめきとなって聞こえてくるばかりだった。陸橋の上では、だれにも出会わなかった。かれは往来のはげしい交通の大動脈を横切り、六角形の家に足を向けた。

*

スカウティとブレザーがすでにきていたことに、サーフォは驚かなかった。かれはもっとも時間のかかる道を選んだのだから。突発的な事件にはあわなかった。

三人は家のなかにははいらず、ドアの敷居の上にすわって相談した。

「防衛隊はマント三枚を見つけた」サーフォはいった。「われわれが変装用に使おうとしたと思うだろう。かれらはわれわれを町の北部で追いつめた。だから、こちらが宇宙港にたどりつく気だったと信じるはず」かれは目をあげた。「これ以上のことはできない。いま、うまくいかないことがあっても、それは、われわれのせいではない」

しばらくは沈黙が支配した。スカウティは星を見あげた。夜空は晴れていた。あと一時間すれば、双子の衛星がのぼってくるだろう。不意にブレザーがいった。

「このあと、どうするのだ？」

サーフォはその問いがスカウティからくるものと予測していた。だが、ブレザーがきいたことで、ことはよりかんたんになった。

「別れる」サーフォは答えた。

「別れる？」ブレザーは立ちあがった。スカウティは動かなかった。その目はなおも空に向けられていた。サーフォはなぜ彼女が質問しなかったかを理解した。別れなければならないことを、スカウティは知っていたのだ。

「どれほど準備をととのえていても」サーフォはいった。「三人で行動すれば、目だってしまう。ここにはフォルガンⅥ出身のアイ人はそれほど多くないし、かれらはグループであらわれることはない。しかも、だれもが恐れるハンターは、背格好のみが記録されたコンピュータを使ってわれわれを追跡している可能性がある。三人いっしょにいるところを見られたら、まもなく、マスクの擬装にも気づかれるだろう」サーフォはかぶりを振った。「別々に行くほうがいい。きみたちふたりはいっしょに、わたしはひとりで」

「あっさり別れましょう」スカウティが立ちあがって、いった。「再会はどこで？」

「ウナデルンのどこかで」サーフォは答えた。「きみたちは金を持っている。乗り物を借りるか、ボートに乗せてもらうかするように。兄弟団はこちらの存在を知っているだろう。かれらは、われわれを見つけようと努力するはずだ」

三人はたがいに握手をかわした。

「用心してね」スカウティが優しくいった。

サーフォはどれほど、彼女を抱きしめたかったことだろう。だが、いまはそのときではなかった。あとで、ウナデルンで……と、心のなかで思った。

ブレザーとスカウティが立ちさったあと、サーフォは敷居にしばらく黙ってすわっていた。わたしがここにいるのをクラツェンスが知ったら、いったい、なんというだろうと、サーフォは愉快に思った。最後にクラツェンスは、かなりおちつきを失っていた。自身より逃亡者のほうが賢いとは、思っていなかったのだ。

サーフォは立ちあがり、絶壁を見あげた。あそこなら、夜はだれにもじゃまされずに歩きまわり、朝になって眠ることができるだろう。かれは急いではいなかった。重要なことは、ひとつだけ。

目標に到達すること……

ベッチデ人とハンター

クルト・マール

登場人物

サーフォ・マラガン ブレザー・ファドン スカウティ	……ベッチデ人のもと狩人
フィルセンク	……商人。プロドハイマー＝フェンケン
ヴァーセル	……農夫。ターツ
ケルシル バンダル ヤルス フモント	……兄弟団メンバー。クラン人
バルクハーデン	……ハンター。クラン人

1

午後の暑さのなか、難儀しながら絶壁を登っていく者の姿は、住民のすくない惑星でも人目をひくことだろう。クランドホル公国領に属するすべての種族が住んでいるケリヤンにおいても、フォルガンⅥのアイ人突然変異体は稀少だった。

卵形の頭蓋は黒い皮膚におおわれ、表面のところどころにへこみができていた。まるで、鈍器を使って細工したかのようだ。この個所では、皮膚の色が明るくなっている。アイ人たちはその個所をリズミカルに光らせることで、たがいに意思疎通する。かれらの〝言語〟は視覚によるものだった。

アイ人の両目の間隔はせまく、回転したり曲げたりできる短く細い柄の上におさまっていた。鼻は幅ひろく、平べったい。頭蓋の両側にあいている穴は、どうやら聴覚器官らしい。口のかわりに顎袋があり、食物摂取のさいにはポケットのようにめくれる。音声変調信号を発する器官は持っていなかった。だが、フォルガンⅥのアイ人突然変異体は、顎袋の襞《ひだ》の助けを借りて音を出し、その音から話し言葉の単語を生みだすことを学んだ。ケリヤンのアイ人突然変異体のなかにも、少数ながら、クランドホル語をまともに話せる者がいた。

そのアイ人はゆったりとしたコートを着用していた。袖は幅も長さもたっぷりしていて、なんなく両手をかくすことができた。足には合成皮革の紐結びのサンダルをはいていた。荷物は持っていないが、長い道のりを歩いてきたように見える。

男は恒星スムジャルクを見あげた。輝く球体が、山脈の西の尾根にゆっくりと沈んでいく。ケリヤンでは一日が三十二時間ある。疲れた放浪者にとっては長すぎるほど長い。

男は汗をぬぐうように、手で顔をなでた。そのさい、手に指が五本しかないことが明らかになる。八本指で知られるアイ人種族にしては、たしかに異常な特徴だ。

ぬぐうしぐさは無意味だった。これほど暑いのに、午後の放浪者の顔には一滴の汗も出ていなかったのだ。男は日かげがないかと見まわした。崖をすこし登ったところに、苔《こけ》と巨大なシダにおおわれた大きい岩塊がふたつあり、そのあいだに、大きな葉の植物が根をおろしていた。アイ人は疲れた足をそちらに向けた。藪のあいだを通り、露と雨水がたまった場所に行きつく。

熱帯植物の木かげは涼しかった。放浪者は倒れるように地面にすわり、コートを脱いだ。その下にはくすんだ褐色の、クラン艦隊の制服。無数のポケットがある幅広のベルトもついている。孤独な放浪者が頸に手をやると、皮膚がゆるんだかに見えた。かれはその皮膚をつかむと、力ずくでひっぱり、とうとう頭蓋の皮膚全体を剥がしとった。

サーフォ・マラガンはそのマスクを無造作にわきに投げ、ぼさぼさで褐色の髪に手をつっこんだ。日焼けしたベッチデ人の顔には疲労の徴候が見てとれたが、目は考え深げに海水と淡水のいりまじった水たまりを見つめていた。額には大きいバーロ痣《あざ》があった。透明に盛りあがった皮膚が、鼻の付け根から後頭部まではしっている。

サーフォはのびをし、苔むした岩塊にもたれると、前の週の大騒動を思いおこした。

＊

すべては惑星カーセルプンのチェルソヌールというクラン人に端を発していた。かれはサーフォの頭皮下に二匹めのスプーディを埋めこんだのだ。試みは成功。第二のスプーディは、サーフォ・マラガンが友ふたりと惑星キルクールを出発する前に埋めこまれた第一のスプーディと、一体化した。それ以来、二匹の昆虫のかたちをした有機体はひとつになり、サーフォは二重保持者と呼ばれる存在になった。

その後、《トリストム》の艦内ではじめて、キルソファーという新入り乗員から、複数スプーディを保持するのは禁じられていると聞かされた。公国当局から追われた多重保持者は、〝兄弟団〟と名のる地下組織と手を組んでいるのだと。兄弟団の最大拠点は、商業惑星ケリヤンにあるという。《トリストム》はそのケリヤンから遠くないコースを航行していた。

ダブル・スプーディによってさらなる知力をあたえられたサーフォ・マラガンにとり、《トリストム》の第一艦長を説得してケリヤンに着陸させるのは、それほどむずかしいことではなかった。そのさい、陽動作戦を使わざるをえなかったのだが、おじけづいたキルソファーの裏切りによって、すぐに作戦は露呈した。サーフォおよびベッチデ人仲間のスカウティとブレザー・ファドンがケリヤンに足を踏みいれたとたん、追跡がはじまった。

かれらは捕まらなかった。ケリヤンにはさまざまな種族からなる組織があり、兄弟団にくわわろうとする逃亡者たちを助けることによって利益を得ていた。この組織のメンバーふたり……クラン人のクラッェンスとプロドハイマー＝フェンケンのネリドゥウルに、ベッチデ人たちは助けられた。三人は高い金をはらってマスクを手にいれた。たったいま、サーフォが地面に投げたのは、そのうちのひとつだ。それはマスク製作者の傑作だった。使わない状態のときには、合成ゴムのつまらない袋に見えるが、マスクをつける者のからだに接触し、体温で温められると、本来の機能を発揮しはじめるのだ。

ここ何日かの大騒ぎは、グルダ谷の北の入口に位置する町グルダで起きた。谷はアヒール海まで南西方向におよそ六十キロメートルのびていて、谷の南の出口、海のすぐそばに、港町ウナデルンがある。ウナデルンには兄弟団の秘密のアジトがあるといわれていた。マスクがある程度の安全をあたえてくれたので、目的地に到達する望みをいだいてもいいように思えたが、いま自分たちを追っているのは、ケリヤンの防衛隊だけではなくなった。さらなる追跡者がくわわったのだ。二重保持者や兄弟団の支持者を探しだすのを専門としている者……ハンターのバルクハーデンだ。

サーフォ・マラガンは、バルクハーデンの存在を考え、仲間たちと別れた。どれほど慎重に変装しても、自分たちのような者が三人いれば、目だつにちがいない。ブレザーとスカウティがペアを組み、サーフォがひとりになることで、気づかれずにくぐりぬけるチャンスが生まれる。三人とも金は持っていた。植民惑星の文明が提供するあらゆるサービスを自由に使える。たとえば、トルスティル川をくだる船に乗ったり、貸しボートを使ったり。スカウティとブレザーはより速く前進できるものを選んだだろうとサーフォは思った。かれ自身は最初の二日間、ずっと徒歩でさすらった。友ふたりを追うかたちになることが重要だった。もしかれらの身になにか起きた場合は、それを知って、助けにいくことができるかもしれないからだ。

二日のあいだ、グルダ谷の鬱蒼と繁茂した熱帯植物から得られる木の実や果物、ときにはキノコを食べて命をつないだ。だがいま、肉やパンや冷えた飲み物がほしくてたまらない。進路のななめ向こうに、谷に三つある居住地のなかで最北のエングフェルンがある。暗くなりしだい、そちらに足を向けよう。サーフォはいまにも疲労に負けそうだった。目を閉じ、あわや、眠りこみそうになったとき、声が聞こえた。

＊

新しく切り開かれた林道が谷からななめ上にはしり、そこから高さを変えずに山腹にそってのびていた。幅は八十メートルあり、やがて道路になるのだろう。植生を一掃したグライダー二機が、動かずその場に浮遊していた。二機のあいだに作業員のグループがいて、はげしく論争していた。サーフォが聞いたのはその声だ。

かれらを避けて通ることもできるが、サーフォはマスクをためしてみたいという衝動にかられた。

アイ人らしく、ゆっくり、のんびりと、論争中のグループに近づいていった。クラン人ふたりは背が高く、褐色のたてがみがふさふさしていた。プロドハイマー＝フェンケン七体は華奢《きゃしゃ》で、水色毛皮の上に極彩色の衣服を着用していた。直立歩行する大トカゲのターツ五体は、鱗《うろこ》が銀色に輝いていた。いいあらそっているかれらの注意は、グライダー一機の側面にとりつけられた機械に向けられていた。プロドハイマー＝フェンケン一体が金切り声でいった。

「もう一基、機械を持ってくるべきだった。そうすれば、これが作動しているのかしていないのかがわかったはずだ」

非難を向けられたクラン人はひるまなかった。

「この種の機械が故障することなど、一度もなかった」かれは力をこめていった。

切り開かれた道にそって、細い金属線が一本、べつのグライダーの尾部からのびていた。

「もどったほうがいい」一ターツが不機嫌にいった。「問題がないとわかっている場所で測定を試みよう」

もうひとりのクラン人はあたりを見まわし、足をひきずるようにして近づいてくるアイ人に気づいた。

「あそこにいる男に、きいてみればいい」クラン人は提案すると、嘲笑を浮かべた。

サーフォは立ちどまった。マスクの内側にかくされた器官運動メカニズムの助けを借りて、頭蓋の皮膚を明滅させた。

「あんたの合図は理解できない」クラン人はうなった。「話すことはできないのか？」

「わたしにきけば、うまくいく」サーフォはだみ声でいった。

「あんたに助言をもとめてもかまわんというのか？」クラン人は高飛車にいった。

サーフォは同意の身振りをしめした。

「では、話せ」クラン人は、サーフォをうながした。

サーフォは腕をあげた。袖のなかの手が見えないように気を配りながら、山腹から三百メートル下にそびえる赤っぽい色の岩の一群をさししめした。岩が奇妙なのは、その色だけでなく、植物がまったく生えていないことだった。岩の鉱物組成が植物に栄養をあたえないのだ。

「あれがどうした?」クラン人は疑わしげにきいた。

「鉄分、すなわち磁気」サーフォの声は顎袋の構造によって、典型的なアイ人の声に変わっていた。「信号を誤作動させる」

「おお、これは驚いた。かれのいうとおりだ」興奮した一プロドハイマー＝フェンケンがいった。「地中の鉄鉱石のせいだ。あの岩を見るがいい。われわれの信号がとどかなかったのも不思議ではない」

切り開かれた道にそってのびる金属線は、完成した道路上の交通を導く通信誘導信号用のケーブルだった。クラン人はサーフォの論拠がしっかりしていることを認めた。かれはアイ人突然変異体と思われる者を驚きの目で見つめたあと、一連の命令をくだした。それにもとづいて、信号用ケーブルの敷設を任務とするグライダーが、ふたたび動きだした。グライダーは山腹を下に向かって浮遊しながら、ケーブルを巻きとっていった。

赤みをおびた一群の岩の数百メートル下で逆コースをとり、ふたたび山腹を上に向かう。そのさい、べつの道を切り開き、一群の岩を大きく迂回して信号用導線を設置した。

作業にはほぼ半時間が費《つい》やされた。そのあいだ、サーフォはひと言も話さなかった。ほかの者たちとともに、自動操縦のグライダーを眺めていた。グライダーが出発点にもどってくると、クラン人はべつのグライダーの側面にとりつけられている測定装置に近づき、確認作業をおこなった。信号がケーブルに伝わり、山腹の下に設置された制御メカニズムがそれを反射する。反射インパルスが申しぶんなく受信できたことから、信号伝送は計画どおりに機能したことが証明された。

コントロール・ランプがグリーンと青に輝くのを見て、クラン人はアイ人のほうを向いていった。

「あんたのいうとおりだった。あんたの助言がなかったら、あと二、三時間はこの問題の謎を解こうと頭をひねっていたことだろう」

サーフォはなだめるような身振りをし、感謝には値《あた》いしないと伝えた。そのあと、だみ声でいった。

「アイ人をばかにしないでほしい」

「二度と、そんなことはしない、友よ」クラン人は約束した。「なにか、あんたのためにできることはないか？」

サーフォは、ないと答えた。

「エングフェルンに向かう」かれはいった。

「いい旅を」クラン人はいうと、サーフォをしばらく見送っていた。

サーフォ・マラガンは出発した。マスクをためしてみて、試みは成功に終わった。かれはエングフェルンに向かうべく、切り開かれた道を歩いていった。

＊

エングフェルンはトルスティル川の両側ほぼ一キロメートル幅にわたってひろがる小規模な居住地だった。川にまたがる橋は二本あった。最大の建物は西側の岸近くにあり、行政機関と防衛隊の支部がおかれていた。エングフェルンには、川の通行によって生計をたてている商人と、近くの山腹の肥沃《ひよく》な地面を耕作している農夫が住んでいた。川の西岸にはグルダとウナデルンを結ぶ幹線道路もはしっていた。

サーフォ・マラガンがそのちいさな町に近づいたときには、恒星は沈んでいた。十年ないし二十年後には盛んになるであろう交通にあわせて、道路は整備されていた。車道にそって両側に搬送ベルトがのびていた。サーフォは動きの遅いベルトに乗ることで、なんなく、ほかの歩行者たちを避けることができた。

ゆるやかに弧を描く橋の上を搬送ベルトが通過すると、幹線道路の東側に料理店があった。建物は太陽灯でまぶしく照らされていた。出入口近くに、さまざまなタイプの乗り物が二十両以上とまっていた。料理店の向こう側は暗く、トルスティル川がものうげに流れていた。右のほう、川にかかる橋ふたつのうちのひとつに、ひとつづきの照明が輝いていた。

料理店は十五かける三十メートルの広さで、あわせて三十人ばかりの客がいた。調度品は、拡張をつづける星間帝国のすべての民族を満足させようとするクラン人の能力を物語っていた。テーブルは高さ調節ができるし、すわる場所はクラン人ならクッションとして、プロドハイマー＝フェンケンならベンチとして、ターツなら皿状シートとして使える。ただ、リスカーのための家具はここにはなかった。

左側には壁にそって自動供給装置がならんでいた。そのひとつは急ぎの客のための食事を供給する。サーフォはべつに急いではいなかったが、食堂で食べるわけにいかなかった。手の指が五本しかないうえに、アイ人のようにのみこまず、食べ物をまず細かく噛むのを見られるかもしれないからだ。考えたすえ、五タリ硬貨を供給装置のスリットに押しこみ、食べ物のつつみをとった。

「旅の途中かな？」背後で甲高《かんだか》い声がした。

サーフォが振り向くと、一プロドハイマー＝フェンケンがいた。同じ供給装置を使うつもりだったらしい。サーフォは頭蓋の皮膚を明滅させた。小賢《こざか》しい目をした水色毛皮生物は不思議そうな表情をうかべた。

「わからない」かれはいった。「なにがいいたいのだ？」

「徒歩でカリドゥラへ行くところ」サーフォはだみ声でいった。カリドゥラは川の下流に位置する隣りの居住地だ。

「おお、それはいい！」プロドハイマー＝フェンケンは小躍《こおど》りしてよろこんだ。「わたしもそこへ行こうと思っている。いっしょに行ってもいいか？」

プロドハイマー＝フェンケンがざっくばらんで陽気な生物であることを考慮にいれたとしても、この男はなれなれしかった。サーフォはアイ人の明滅信号で答える勇気がなかった。この相手が自分よりも明滅信号にくわしいのではないかという、漠然たる疑いをいだいたからだ。

「ひとりで行く」かれは答えた。

「孤独はよくないよ」プロドハイマー＝フェンケンは笑った。「わたしの名はフィルセンク。愉快な旅仲間だ。さ、どうする？」

サーフォは背を向け、出口へと歩いていった。

2

半時間後、サーフォ・マラガンはトルスティル川の向こう岸にすわって、考えにふけりながら、クラン人好みの食べ物をたいらげた。フィルセンクという奇妙な名前のなれなれしい男は、自分が自動供給装置で食べ物を選ぶのを、じっと見ていたのだろうか？もしそうなら、驚いただろうか？　あるいは、それ以上に、疑いをいだいたのか？

サーフォの失策はそれだけではなかった。アイ人の明滅信号で応じたときの、フィルセンクのおかしな顔つきを思いだすと、背筋を冷たいものがはしる。ケリヤンで明滅信号に習熟しているのは、アイ人以外にいないと思いこんでいた。自分自身、わずかな数のコミュニケーション・シンボルを知っているにすぎなかった。だが、もしあのプロドハイマー＝フェンケンがその言語のエキスパートだったとしたら、どうだろう？

サーフォは山腹での午後の出会いのことを思いおこした。あのとき、作業を助けたのは誤りだったと、いまになって思った。クラン人の作業責任者の考え深げな目つきが頭から去らなかった。関わりを持つべきではなかったのだ。ほんもののアイ人なら、ひかえめな態度をとり、助言を押しつけたりしなかっただろう。

サーフォは五十メートル上流にある橋を渡っていた。かれは思いに沈みながら、ひとつづきの照明に目をはしらせた。そのそばを歩行者がひとり、またひとりと通ると、照明のひとつが暗くなる。水面からエンジン音が響いてきた。明るく照らされた大型ボートが橋の下からあらわれ、上流に向かって中くらいの速度で通りすぎた。平穏な光景だ。

暗闇からほっそりした姿があらわれた。

橋からきた歩行者だ、と、サーフォは思った。明るい声がいった。

「驚かなくていい。わたしだよ。料理店であんたがいったことは本気ではないと思ったもんでね」

サーフォは立ちあがった。食べ物のこりを投げすて、うなり声をあげた。

「ひとりにしてくれ!」

「おい、そんな態度をとるなよ」フィルセンクはくすくす笑った。「わたしはひとり旅が嫌いなんだ。だから……」

「行ってしまえ!」サーフォはどなった。「連れは不要だ」

地面がかすかに揺れたかと思うと、重い足音が近づいてきた。

「水色毛皮の友よ」低い声がいった。「このアイ人は、きみとは知りあいになりたくないといっている」

フィルセンクはぎょっとした。サーフォが振り向くと、巨軀《きょく》の輪郭が見えた。クラン人だ。橋の上の照明を反射して、大きい目が輝いている。サーフォの頭に刻みこまれるようななにかが、その顔にはあった。高い額、鷲鼻、角ばった顎……

「わたしは、ただ……」フィルセンクはあわれっぽくいった。

「このアイ人はいやがっている」クラン人はさえぎった。「自発的に立ちさるか、それとも、わたしが尻をたたいてやろうか？」

「行きますよ」フィルセンクは不機嫌にいうと、まもなく、夜の闇にのみこまれた。

クラン人はサーフォのほうを向いて、いった。

「かれらは無害で遊び好きだが、ときにはすこししつこいところがある。このあと、かれはきみにかまわなくなるだろう。わたしも、きみの孤独のじゃまをするつもりはない。夜がきみに平安を授けるように」

「ありがとう」サーフォはだみ声でいった。「お名前は？」

「感謝にはおよばない、友よ」クラン人は答えた。「わたしの名はステルム。で、きみの名は？」

サーフォは頭蓋の皮膚を明滅させた。自分の名前はしっかり記憶している。へまはしない。

「ミット＝スウィング」クラン人が明滅信号を理解しない場合を考慮して、サーフォは声に出した。

「元気に旅をつづけられるように、ミット＝スウィング」ステルムはいった。

ステルムは立ちさった。サーフォはしばらくのあいだ、その方向を見つめていた。

＊

その休憩所には三百人ぶんのスペースがあった。エングフェルンの町と同じく、将来を見こんだものだった。クラン人の宿主はサーフォを、天井の高い幅広の通廊へと導いた。両側にずらりとドアがならんでいた。高さ三・五メートルのはクラン人用、それより低いものはターツ用、もっとちいさくて上下に重なりあっているものはプロドハイマー＝フェンケン用だった。

「アイ人突然変異体向けの部屋はないのです」宿主はとんでもないことだと悔しがるかのようにいった。「ですが、あなたがくつろげるような部屋を探しましょう」客を頭のてっぺんから足の先までじろじろと見つめ、その大きさを見積もった。「プロドハイマー＝フェンケン用のベッドでは長すぎる。ターツ用の部屋ではどうですか？」

話はすぐにまとまった。サーフォは十五タリで、衛生設備がととのい、情報ネットへの接続も可能な、居心地のいい部屋を得た。ベッドはたいらなボート形で、浴槽の水にはターツ好みの硫黄《いおう》添加物がふくまれているが、気にしない。居心地のよしあしは二の次だった。ここ二日間と同じように戸外で寝てもよかったくらいだ。必要なのは情報だ。

入浴をすますと、スクリーンの前でくつろぎ、情報番組のスイッチをいれた。

ここ数日のあいだにケリヤンを発着した恒星間宇宙船の数には興味はない。この五カ月間、アイチャルタンの宙族がひとりもファアルンヘイスト宙域に姿を見せていないという情報も、さほど重要ではなかった。ケリヤンの治安当局が兄弟団の不埒《ふらち》な所業を近いうちにやめさせたがっているという情報には、もちろん興味があった。

そのあとで、待っていたニュースが報じられた。

「破壊分子たちが補給艦《トリストム》から逃亡したベッチデ人三人によせる期待は、ますます増大しています。三人のうちのひとりは二重保持者だとの疑いが持たれています。現在のところ、防衛隊はベッチデ人を見つけだすにはいたっていません。しかし、かれらはまだグルダにとどまり、宇宙港をつかおうとしているものと思われます。逃亡者三人の逮捕につながる情報に対して、総額一万タリの賞金が約束されました。ベッチデ人ひとりの逮捕をもたらす情報には三千タリを提供……」

サーフォはそっと口笛を吹くと、スイッチを切った。高額の賞金は、ほかにすることのない者や、探偵ごっこを好む者をもせきたてるにちがいない。今後は、バルクハーデンや防衛隊ばかりでなく、素人ハンターとも関わりを持つことになるかもしれない。

未来はすこし暗くなった。

意識に、スカウティとブレザー・ファドンへの心配が重くのしかかるなか、かれは眠りこんだ。

＊

クラン人の宇宙船が最初に惑星キルクールに着陸したとき、ベッチデ人たちはほかならぬ先祖の宇宙船《ソル》がもどってきたものと思った。二十世代前、キルクールに降りたった先祖の船だ。この白い船が《ソル》とは無関係であること、そこから降りてきて、最初、ベッチデ人が狼ライオンと呼んでいた大男たちが自分たちの先祖でないことが、徐々にわかってきたのだった。

クラン人たちがやってきたのは、キルクールをクランドホル公国に併合するためだった。かれらの最初の行為は、キルクールのすべての住民の頭皮下に、スプーディを一匹ずつ埋めこむことだった。長さ二センチメートル、厚み五ミリメートルの昆虫に似た生物だ。ベッチデ人たちは望みもしない手術に抵抗したが、むだだった。

サーフォ、スカウティ、ブレザーの三人は、新入り乗員として徴用された。かれらは白い巨船に乗り、宇宙に向けて出発した。名誉ある任務をはたすべく、運命によって選ばれたのだと信じて。かれらは先祖の船を探しだし、それをキルクールに帰還させるつもりだった。

それから数週間が過ぎた。当初の感激は、あっという間に消えさった。艦隊任務は苛酷で、自由時間はわずかしかなかった。〝幽霊船〟についての最初のヒントが得られるまでに長くかかったが、三人はそれを《ソル》にちがいないと思った。そしてついに、第十七艦隊ネストの記憶装置を作動させて王の花の惑星に到達し、先祖の船を見つけた。だが、それはただの残骸にすぎなかった。

ショックを克服した三人は、次の目標がなんであるかを知った。クランドホルの賢人に会うことだ。かれらはクランに行かなければならなかった。だが、公国艦隊との軋轢《あつれき》が生じた。クラン人の指揮官たちが三人の願いをまともにうけつけず、公国の拠点惑星への航行を頑固に拒否したためだった。三人は、クランに行くためには独立独歩の道を行くしかない。そのことがまもなく明らかになった。

惑星カーセルプンでサーフォ・マラガンは、クラン人チェルソヌールの試みをうけいれ、しかたなく頭皮下に二匹めのスプーディを埋めこむことになった。第二のスプーディはすぐに一匹めと一体化した。サーフォの知力はこの試みのおかげで倍加された。これまで未開発だった能力が活性化され、サーフォの思考力は、いっしょにいるスカウティとブレザーが不気味に感じるまでに発達をとげた。

《トリストム》の艦内で、サーフォは兄弟団のことを聞いた。かれが自分の計画のために、この組織の助けを借りようと心に決めたのは、当然のなりゆきだった。兄弟団のメンバーたちはスプーディの二重保持者だ。まさにこの特質のために、かれらはクラン当局から追われている。最初、サーフォは騒動の真っただなかにあって、この状況の矛盾に気づかなかった。ごく最近になって、そのことに驚きはじめた。併合した種族にスプーディをあたえるよう命じたのは、ほかならぬ公爵たちだ。だれかが二匹以上のスプーディを保持することに、公爵たちはどんな異議を唱えることができるのだろうか？

サーフォは一歩進むごとに道が長くなっていくように感じた。だが、ここ数週間に経験したすべての不可解な出来ごとに対する答えが、どこかにあるはずだった。

どこかに……

クランに。賢人のもとに。

＊

サーフォは翌朝早く目ざめた。いまだにケリヤンの三十二時間リズムに慣れるのがむずかしい。休憩所にはキッチンがあって、旅行客のための食べ物を調理してくれるのを知っていた。かれは早朝勤務の年をとったクラン人を見つけ、食べ物を注文した。

サーフォは注文の品を運んできた老人を会話に巻きこんだ。そのさい、顎袋を使っただみ声で話した。

「アイ人は珍客か？」サーフォは話しはじめた。

老人は首をかしげた。

「一般には、それほどでもない。アイ人は大勢いる。ただ、あんたたち突然変異体は、そうたびたびは見かけない」

老人は食べ物の包装に記された値段を指さした。サーフォは手をポケットにつっこみ、それに相当する硬貨を手さぐりで数えた。色とりどりのクリスタル硬貨をテーブルに出したが、手は見せないようにした。

「わたしの同胞がふたり、この界隈にいる」サーフォはいった。「きのう聞いた」

「そうか？」老人は特別の関心はしめさなかった。「エングフェルンで？」

「いや、旅の途中で」

「ああ、それならわかる。もし、あんたの同胞がエングフェルンにいるのだったら、わたしもそのことを聞いただろう」

老人は硬貨をポケットにいれた。サーフォは別れを告げた。エングフェルンではだれもスカウティとブレザーのことを聞いていないのだ。ふたりの身になにか起きていないかぎり、先に行ったはずだが。かれらはエングフェルンをただ通りすぎたのだろうか？

サーフォは包装された食べ物をばらばらに分けて、深いポケットにしまった。歩きだしたとき、東の山の稜線《りょうせん》の上に恒星が昇ってきた。かれは橋と大きい公道をわたり、山へと向かった。カリドゥラは二十キロメートル南西の方角にあった。かれはそちらに向かって歩いていくつもりだった。

カリドゥラでは、ブレザーとスカウティのことを聞けるといいが。もしそうでなかったら、ふたりはウナデルンに直行したと思ってもいいだろう。

舗装された道路は終わり、でこぼこの小道に変わっていた。それは山腹の上に向かってななめにつづいていた。穀物が栽培されている畑があり、農夫たちが働いていた。大半がターツだ。かれらは孤独な旅人になんの注意もはらわず、かれはそれに満足した。

サーフォは色とりどりの花におおわれた垣根にかこまれた畑のそばを通りすぎた。垣根が南に曲がるところで、小道もまた鋭くカーブしていた。サーフォは角を曲がり、すんでのところで、小柄な水色毛皮生物にぶつかりそうになった。

そのプロドハイマー＝フェンケンは一歩、すばやくしりぞくと、なだめるように腕をあげた。

「怒らないで」男は口早にいった。「あんたの荷厄介になるつもりはない」

「フィルセンクか」サーフォはうなった。

「そうだ。伝言がある。それで、あんたがまちがいなく受取人かどうかをたしかめたかったんだ。だが、うまくいかなかった。あんたがあまりにも無愛想だったから。これ以上は待てない。受取人であろうとなかろうと……これが、その伝言だ」

フィルセンクは手をさしだした。文字に埋めつくされたプラスティック・フォリオが見えた。サーフォは手を袖のなかにかくしながら、用心深くそれをうけとる。フィルセンクはサーフォがきた道を、急いでもどっていった。サーフォはしばらくのあいだ見送ってから、フォリオの手紙に注意を向けた。つたないクランドホル語のアルファベットで、〝ショーン＝ゲスターンとブライター＝ファドが、ヴァーセルの農場で助けをもとめている。エングフェルンとカリドゥラの中間にある西の山腹〟と、書いてあった。

サーフォは考えこむように、埃っぽい小道を見おろした。ショーン＝ゲスターンとブライター＝ファドというのは、スカウティとブレザー・ファドンの偽名だった。かれらはサーフォの助けをもとめている。危険に直面しているのだ。

サーフォは恒星の位置をたしかめたあと、本来ならアイ人突然変異体には不可能なほどの速足で進んでいった。

3

防衛隊の網の目をくぐりぬけたスカウティとブレザー・ファドンは、まず、マスクをつけた。それから、遠まわりして、ふたたび町にもどり、群衆のなかにまぎれこんだ。ときどき、おかしな目でふたりを見る者もいたが、それはケリヤンにアイ人突然変異体があまりいないからだろう。疑わしげな目つきをする者はいなかった。

成功に気をよくしたふたりは、船つき場に足を向け、下流に向かう中型ボートを借りた。持ち主はターッだった。アイ人の明滅信号が理解できないというので、ふたりは音声を使うことにした。それはうまくいき、ターッはなんの疑いもいだかなかった。居住地エングフェルンの上流にある船つき場までの費用は、ひとり二十タリだった。

ボートの旅は平穏ぶじにすぎていった。スカウティとブレザーは明滅信号の練習をすることで時間つぶしをした。ターッはふたりが熱心に会話をかわしているものと解釈していた。

船つき場についたのは早朝だった。ふたりはそこから川ぞいに二、三キロメートル、谷をくだったあと、内陸へとはいっていった。陽光の強さに耐えきれなくなったときは日かげを探し、長時間休憩した。ボートで食べ物も飲み物もとったので、カリドゥラにつくまで、木の実でやっていけそうだと思っていた。

午後、ふたたび出発したふたりは、谷間の町エングフェルンを通過し、カリドゥラに向かって山の中腹あたりを歩いていった。スカウティは豊かな熱帯植物に感激し、キルクールの森を思いだしていた。下草ががさがさ音をたてたときは、狩人の本能が呼びさまされた。目にする動物のほとんどは、さまざまな種類と大きさの齧歯《げっし》動物だった。まだ知性体に対する恐れを知らないので、ものおじしなかった。

夕方近く、ふたりは木の実や果物を集めはじめた。ブレザーは夜間、身をかくすのに適した場所を探していた。カリドゥラまではまだ十キロメートルはある。到着するのは翌朝になるだろう。

ブレザーは山腹の小道をはなれ、斜面をすこし登った。身をかくすのに適して見える一群の岩に向かって進んでいった。そのとき、背後で呼び声が聞こえたように思った。振り向いたが、スカウティの姿はどこにも見えない。彼女は葉の密生した藪のどこかにかくれているのだろう。ブレザーは岩を調べ、夜をすごすのにはおあつらえ向きだと確信した。渇きを癒すことのできるちいさな泉もある。

ブレザーは小道までもどってくると、スカウティを探した。だが、どこにも見えない。

かれは驚きのあまり、どんな場合も必要な用心を一瞬忘れ、スカウティの名を呼んだ。

藪のなかでなにかが落ちる音がした。大きなグレイの獣が一頭、藪のなかから跳びだしてきた。六本の脚と強靭《きょうじん》な歯を持つ、いかつい頭部が見えた。獣は小道を疾走していった。ブレザーがその姿を見失う直前、ひと声はげしく吠えた。

ブレザーは一瞬、ぎょっとして立ちすくんだが、ふたたび探しはじめた。どこからともなく、不意にスカウティの声が聞こえた。

「足もとに気をつけて。このあたりは危険よ」

声は深いところから聞こえてくるようだった。ブレザーは小道に目をはしらせる。地面に穴があいているのが見えた。

＊

「罠だ」ブレザーは驚いて、暗いなかを見おろした。

穴は二メートル以上の深さがあり、三メートル平方のひろさがあった。スカウティは地面にうずくまり、右脚を押さえていた。マスクははずしていた。

「あがるのを助けて」スカウティはいった。「足を痛めたみたい」

穴の縁は大きい葉と盛り土で入念におおわれていた。ブレザーは慎重にひざまずいて、スカウティに手をさしのべられる位置についた。かれはスカウティをひきあげた。

「どんなばかが道のまんなかに落とし穴をしかけたのか、知りたいものだわ」彼女はののしった。

ブレザーはさっき見たグレイの獣の話をしながら、スカウティのくるぶしを調べた。骨が折れている。

「いまいましい」スカウティは歯がみした。「こんなことまで起きるなんて」

ブレザーは木の枝を巧みに削り、布を使って骨折部に副木《ふくぼく》をあてた。布を結びつけているとき、かすかなエンジン音が聞こえてきた。

「マスクをつけろ!」ブレザーは歯のあいだから声を出した。

スカウティはぐにゃりとした有機プラスティックを頭からかぶった。ブレザーは小道に目をやった。古びたグライダーが藪をかきわけ、小道にそってやってきた。透明キャノピーの内部に、鱗が銀色に輝くターツが乗っているのが見えた。ブレザーは心配そうにスカウティを見つめた。マスクはいま、やっとかたちをとりはじめていた。ブレザーはスカウティの肩をつかんで向きを変えさせた。

「横になっているんだ」ブレザーはいった。「うつぶせになって」

近づいてきたグライダーはすこし手前でとまった。ブレザーは立ちあがって、そちらに向かっていった。スカウティがなるべく長いあいだ、気づかれずにいるほうがいい。ハッチが開き、ターツがのろのろと降りてきた。

「クランドホル語が話せるか？」ターツはいった。

ブレザーは肯定の身振りをした。

「それはよかった。あんたたちの明滅信号はよくわからないからな。わたしの名はヴァーセルだ。この落とし穴はわたしがしかけた。作物に害をおよぼす危険な獣を捕まえるためだ。あんたたちのひとりが負傷したようだな。悪いことをした。助けよう」

「ありがとう」ブレザーはだみ声でいった。「友のショーン＝ゲスターンが足を骨折した。薬は持っているか？」

ターツはスカウティのじっと動かない姿を注意深く見つめた。

「薬？」ターツはおうむがえしにいった。「医師を呼んでこなくては」

ブレザーは、ヴァーセルがそういいながら、こちらを注意深く眺めているのを見のがさなかった。ブレザーは不同意の身ぶりをして、

「医師はよくない。アイ人突然変異体のことをわかる医師はケリヤンにはいない」

「あんたのいうとおりだ」ターツは認めた。ブレザーには、かれが安堵しているようにも見えた。「足がなおるまで、わたしの農場にとどまればいい。あんたの名前は？」

「ブライター＝ファド」ブレザーはだみ声でいった。

「よし、ブライター＝ファド」ヴァーセルはいった。「あんたの友をグライダーに乗せるために、手を貸してほしい。友の足を持つんだ。あんたのほうが上手だろう」

スカウティのマスクはすでにしっかり固定していた。彼女は有柄眼をひっこめ、瞳孔《どうこう》を閉じた。ブレザーとターツは彼女を慎重にグライダーに運んだ。ヴァーセルは小道の下へとグライダーを操縦していった。

＊

数分後、かれらは直径三百メートルほどの円形の伐採地までやってきた。炭化した草木の燃えかすから、植物がどのように除去されたかが、なんとなくわかった。せまい畝《うね》間《ま》が伐採地をななめにのびており、そこから、緑の新芽が萌えでていた。

半球形の建物があった。木の枝と人工材料からできており、かなり大ざっぱなつくりだった。ヴァーセルは話しながら目を輝かせた。

「宮殿ではないが、わが家だ。わたしはごく最近、ケリヤンにやってきた。害獣さえ近づけなければ、そのうち、裕福な農夫になるだろう」

ターツにしては、ひどくおしゃべりだとブレザーは思った。

「われわれも、あそこに泊まるのか？」かれはたずねた。

「いいや、あんたたちには、べつに建てなければならん」ヴァーセルは答えた。「心配はいらない。あっという間にできあがるから」

それは過大な約束ではなかった。ブレザーがスカウティの面倒を見るあいだに、ヴァーセルは木を切りたおし、それを使って直径六メートルの円形に壁をつくった。円の中央には高さ四メートルの、屋根を支えるための柱を立てる。ヴァーセルはきわめて手ぎわがよく精力的で、鈍重な印象のターッの仕事とは、にわかには信じがたいほどだった。一貫して原始的な道具を用いていることにも、ブレザーは気づいた。ヴァーセルは裕福な農夫ではないが、その熱心さから推して、遠からず、貧窮状態を脱するだろう。

ブレザーはスカウティの足に冷やした包帯を巻いた。骨折が自然に治癒することを、ふたりは心から願った。医師にこられては困る。それに、ベッチデ人の骨組織の発育をうながすような薬を、おそらくターッは持っていない。人目をひかずに手にいれることも無理だろう。

包帯を冷やすための水は、ブレザーが、桶のかたちをした泉から、古風なバッテリー駆動ポンプで汲みあげた。その泉に向かう途中で、かれは観察されているのを感じた。あたりを見まわすと、伐採地の向こうで、ヴァーセルが細長い枝で円形の屋根をこしらえていた。かれの半球形の家のかげで、スカウティがブレザーの帰りを待っていた。そばに古いグライダーがとまっていた。

藪が動き、からみあった枝が分かれ、そのあいだから強靭な歯を持つ、いかつい頭が跳びだしてきた。陰険で大きな目をぎらぎらさせて、ブレザーをにらんでいる。ブレザーは包帯を落とし、本能的に銃に手をやった。

＊

　ブレザーの警告の叫びを聞いて、ヴァーセルが駆けつけた。獣は藪のなかから、完全に姿をあらわしていた。地面にからだをぴったり押しつけ、一瞬たりともブレザーから目をはなさなかった。丈夫な尻尾で地面をはげしくたたいている。

　ブレザーはヴァーセルから見られないうちに、ふたたび銃をベルトに押しこんだ。

「心配はいらない」ヴァーセルはいった。「これはわたしの友のウンルだ。こっちへおいで、ウンル。このアイ人に、恐がる必要はないことを見せるんだ！」

　巨大な獣は地面から立ちあがった。とどろくような声でみゃうと鳴くと、ヴァーセルのほうに滑るように動き、骨ばった頭をなでてもらうあいだ、じっと立っていた。獣はブレザーへの不信感を忘れたかに見えた。

「落とし穴はこの獣を捕らえるためではなかったのか？」ブレザーはきいた。

「ウンルを？　とんでもない！」ヴァーセルはリズミカルな歯《し》擦《さつ》音《おん》をたてた。それはターツがおもしろがっているときの表現だった。「それどころか、ウンルは害獣を遠ざけて、わたしを助けてくれる唯一の存在だ」

「なんという動物なんだね？　ケリヤン原住か？」

「そうではない。ウンルはマクワリだ。クォンゾルから、わたしが連れてきた」クォンゾルはターツの故郷惑星だった。「マクワリ以上におとなしい従者はいない」

小屋は暗くなるまでに完成しそうもなかったが、雨さえ降らなければ、ブレザーとスカウティはそこで多少ともくつろいで夜をすごすことができそうだった。ヴァーセルはふたりを自宅での夕食に招いたが、ブレザーは、ショーン＝ゲスターンが身動きできないし、自分も友をひとりにしておきたくないと、逃げ口上《にげこうじょう》をすらすら述べた。ヴァーセルは納得し、荒挽きの穀物と細かく刻んだ肉でつくった粥《かゆ》で満たした大鉢と、軽いアルコール飲料のはいった缶をブレザーにあたえた。ベッチデ人用の小屋のなかには木の葉《このは》と若枝が積みあげられていた。ブレザーはその上に、ヴァーセルから貸してもらった粗い織りの毛布をひろげた。照明には鉱物油ランプを使った。

スカウティはマスクをはずしていた。ブレザーもそれにならった。かれはドアとは名ばかりの、蔓植物を編んでつくったカーテンのそばにすわり、外をうかがった。もしもヴァーセルが夜遅くにもう一度、こちらを訪ねようと思いついたなら、すぐにランプを消し、眠ったふりをすることにしていた。

喉が渇いていたスカウティは、発酵飲料を大量に飲んだせいで、陽気になった。「人生ってこんなものね」彼女は缶をなかばあけたあと、くすくす笑った。「サーフォがわたしたちの半分も、うまくいっていればいいけど！」

「いったい、どこにひそんでいるのやら」ブレザーは考え深げにいった。

「きっと、後方でがんばっているわ。わたしたちの身になにか起きないかと心配しているのよ。うしろにいれば、見とおしがきいて、助けにいくこともできる。そう考えているにちがいないわ。きょうはまだ、エングフェルンまでもきていないでしょうね」

ブレザーは黙っていた。スカウティが、サーフォ・マラガンの思いを知りつくしているかのように話すので、気が重かった。そのあと、かれは空《から》になった大鉢と缶をドアの向こうに置いた。ランプを消そうとしたとき、伐採地の向こう側から、突然、甲高い声が聞こえた。

「おい、だれか家にいるか？　商人のフィルセンクだ。すばらしい品を安値で……」

ウンルがうなり声をあげたが、ヴァーセルが半球形の家から答えるのを聞いて、すぐにしずまった。

「おはいり、商人。あんたなら歓迎だ」

ブレザーはランプの灯を吹きけした。かれらはコートにくるまり、マスクはいつでもつかめるようにそばに置いておいた。ヴァーセルと行商人がなにを話しあっているのか、もう聞こえなかった。かれらは深い眠りにおちていった。

＊

ブレザーが目ざめたとき、外はまだ暗かった。かれは慎重にマスクをつけ、なるべく音をたてないようにしながら、小屋から這いだした。スカウティはまだ眠っていた。

谷の向こう側では空が明るくなりはじめているが、ヴァーセルの半球形の家はまだ闇のなかだ。ウンルはどこにいるのかと見まわしたが、どこにも見えなかった。ブレザーは伐採地を横切り、前日に通ってきた森の小道をなんなく見つけた。

落とし穴までできたときは、もうほとんど明るくなっていた。ヴァーセルは穴をふさいではいなかった。ブレザーは腹這いになり、穴のなかをじっと見おろした。底にはこぶしをかためたほどの大きさの石がいくつか置かれていた。その石のひとつにスカウティは落下し、くるぶしを骨折したのだ。あの石はなんのために置かれているのだろう？

ブレザーがふたたび起きあがったとき、東の山なみの上に燃えるような恒星がゆっくりと昇ってくるところだった。暁の金色の輝きを背景に、ウンルの黒いシルエットがくっきりと浮きでて見え、ブレザーはぎょっとして身をこわばらせた。巨大な獣は小道の下のほうに立っており、見張らなければならないかのように、ブレザーのほうを振り向いた。恒星光は、長くのびた獣のからだをとりまいて明るく輝いた。

恐怖を呼びさます光景だった。ブレザーは手を銃に滑らせた。かれは動きだした。ウンルはわきのほうにすばやく動き、足どりも軽く、急いで走りさった。ブレザーが伐採地についたとき、ウンルの姿はどこにも見あたらなかった。

スカウティは目をさまし、マスクをつけていた。

「朝食はどこかしら?」彼女はきいた。

「まず、料理人を起こさなければ」ブレザーは答え、スカウティのそばにしゃがみこんだ。「足のぐあいはどう?」

「ずっとよくなったわ。疼《うず》きもとまった。きっと、もう起きられると思う」

「とんでもない」ブレザーはうなった。「われわれがここから出発するには、走ることのできる同伴者が必要だ」

奇妙ないい方だったので、スカウティは耳をそばだてた。

「なにか、おかしいことでもあるの?」

ブレザーは、手いれしないためにかなり長くのびた髪に手をやった。

「罠のそばまで行ったんだが、ヴァーセルはまだ穴をふさいでいなかった」

「時間がなかったからよ」スカウティはさとすようにいった。

「そうは思ったんだが、なぜかれは道のどまんなかに罠をしかけたのだろう? 通りかかれば、落ちて怪我するじゃないか。どうして警告板を立てておかないのだろう?」

「あなたの考えを聞かせて」スカウティはうながした。「どうやら、そのことで頭を悩ませていたようね」

「とほうもないことだと思うかもしれないが」ブレザーはいった。「しかし、わたしはこう考えた。ヴァーセルには金がない。かれの使う道具は古くて、まるで博物館からとりよせたかのようだ。することは山ほどある。かれがなにを栽培しているのかはわからないが、植物を成長させるには手いれが必要だ。こうは考えられないか？　かれが罠をしかけたのは……作業を手伝う者を捕まえるためだとは」

スカウティは声をあげて笑った。

「かれはどうやって、わたしたちをここにとどめておくつもりだというの？」

「かれは、われわれが銃を持っていることを知らない。ウンルがりっぱに見張りをつとめている。きみがもし丸腰だったとしたら、農場から逃げるのをウンルに妨害されたとき、争うことができるだろうか？」

ブレザーは早朝の体験を語り、スカウティは考えこんだ。突然、伐採地のほうからヴァーセルの声が響いた。

「目がさめて、おなかがすいているだろう？　朝食をとりにきなさい」

ブレザーはなだめるようにスカウティの肩をたたくと、立ちあがって外に出ていった。カーテンふうのドアを出たとき、小屋の付近でまだ若い植物が二、三本、踏みにじられているのが見えた。暗いなかで朝の散歩に出かけたときに、踏んでしまったのだろう。ヴァーセルがこれに憤慨しないようにと、ブレザーは願った。

4

サーフォ・マラガンは何度もポケットからプラスティック・フォリオをひっぱりだし、そこに書かれているメッセージを読みなおした。なぜそれがクランドホル語で書かれているのかを十回以上も思案し、そのつど、同じ答えにいきついた。友からフォリオを託された使いの者が、このメッセージを読もうとしたにちがいない。キルクール語で書かれていたら、使いの者は疑いをいだくだろう……その者がアイ人の明滅信号を知っていたとしたら、なおさらだ。

文章はスカウティかブレザーが書いたのだろうか。サーフォは見きわめようとしたが、キルクールを出てから何週間もたっていないというのに、ふたりがクランドホル語のアルファベットで手書きができるまでになっているとは思えなかった。

使いの者が自分をどこで見つけるかを、ふたりはどうやって知ったのだろう？　もちろん、スカウティの頭のよさによるものだ。サーフォが後方にいて、機会あるごとにふたりについて問いあわせるだろうと、彼女は考えたのだ。いいかえれば、こちらがまちがいなくエングフェルンにいるとの結論に達したのだろう。

それでもサーフォは、フィルセンクをひきとめて、根掘り葉掘りたずねるべきだったと後悔していた。ふたりがサーフォの助けを必要とする理由が書かれていないのはなぜか？　これについても、もっともらしい答えはいくつもある。だが、いたずらに頭を悩ませていても意味はない。なるべく早く、ヴァーセルの農場に向かわなければならない。そこへ行けば、なにが起きたのかがわかるだろう……これが罠でなければ！

問題はヴァーセルの農場を見つけるのが、いかに困難であるかということだ。山腹には多くの道があり、農場はごまんとある。

しかるべくたずねるしかない。サーフォはプロドハイマー＝フェンケン数体が働いている農場までやってきた。遠くからくるサーフォを、かれらは種族特有の好奇心で、じろじろ眺めた。サーフォはいちばん手前にいた水色毛皮のそばに歩みよって、きいた。

「ヴァーセルの農場、どこだ？」

小柄な生物の目が輝いた。

「なんてこった。あそこじゃ、本当になにかが起きたにちがいない！」かれは興奮していった。「そのことをたずねられたのは、あんたで三回めだ」

「どこだ？」サーフォはねばった。

プロドハイマー＝フェンケンは山腹を指さした。

「あの上、重力フィールド境界線のすぐ近くだ。ここからたぶん九キロメートルはあるだろう。森にはいると、ヴァーセルのところまでまっすぐに通じている小道がある」

「ありがとう」サーフォはだみ声でいった。「わたしの前に、すでに二回たずねられたといったな？　どの種族の者がきた？」

この問いに、水色毛皮はためらった。かれは助けをもとめるように横を向いた。会話をじっと聞いていた仲間の者がいった。

「ターツ一体と、われわれの同胞一体だ」

「理由を話したかね？」と、サーフォ。

「いいや。だが、これ以上、ヴァーセルの居場所をきく者が通りかかったら、わたしはなにが起きたのか見にいくだろう」最初のプロドハイマー＝フェンケンがいった。

*

疑いはぬぐえなかった。なにもかもが完璧すぎ、もっともらしすぎる。サーフォはふたたびフォリオをとりだし……何度めになるのか、もうおぼえていない……あらためて読みはじめた。メッセージにはどこにも疑わしいところはなかった。それに、だれかが自分を罠にかけようとしているのだとしたら、あんな使いの者をよこすよりも、もっとうまい方法があったのではないか？

耕された畑の数はしだいに減り、ジャングルのような植物群が山腹をおおっていた。サーフォは足を遅め、休憩できそうな場所を探した。スカウティとブレザーが本当に危険に直面しているのなら、力を使いはたしてしまっては意味がない。いま、速度をあげると、あとでスタミナが切れてしまうだろう。かれは小川のほとりに日かげを見つけて、くつろぎ、エングフェルンの休憩所から持ってきた食べ物の一部をたいらげた。

食事中、ある考えが浮かんだ。目をやると、小道は山腹の同じ高さのところにのびていて、左右には若い植物が鬱蒼と繁茂している。その細い道がとっくに植物群におおいつくされていないのは、驚きだった。二、三百メートルほど南西に行ったところでは、地面がでこぼこになり、やはり植物におおわれた岩が点在していた。多くは二階建ての家ほどの丈があった。

サーフォは食べ物のごみを持ったまま、出発した。岩が点在しているところまでくると、用心深く、藪をかきわけて進んでいった。谷の方向に無数の裂け目が表面にできている岩を探す。予測したとおり、あった。かれはなんなく、岩を登っていった。上までゆくと、低い灌木《かんぼく》のあいだで、くつろいだ。小道は下にある。だれも、自分に気づかれずにそこを通りすぎることはできない。

自分より前にヴァーセル農場のことをたずねたのはどの種族の者かきいたとき、あのプロドハイマー＝フェンケンはなぜ、ためらったのだろう？　こちらを罠に誘いこもうとしているのだとしたら、どんな出方をするだろう？　きっと、せきたてるにちがいない。なんといっても、ベッチデ人三人を捕まえた者には賞金一万タリが約束されている。だれかが先手を打とうとしているのだ。サーフォは、フィルセンクが山腹をおりていく途中で、同胞の農夫たちにこう話しかけている場面を想像した。〝もし、ヴァーセル農場のことをたずねる者がきたら、あそこでなにかが起きたように思わせるのだ。そして、きょう数人がすでにヴァーセルについてたずねたというのだぞ〟

きっとそうだ。しかし、確証はなかった。

小道をあがってくる音がした。サーフォは肘をついて、半メートルほどからだを乗りだした。ちいさな声が聞こえ、ぴしゃっという音がした。ぎごちない足どりのだれかが大きい虫を踏みつけたのだ。数秒後、小柄な水色毛皮が大きな宿根草の下からあらわれた。サーフォはその者が岩の向こうの藪に姿を消すまで、見守っていた。

フィルセンク……

やはり、思い違いではなかった。

＊

スカウティとブレザーはすでに捕まったか、罠に誘いこまれたのだろう。それ以外に、このつながりは説明できなかった。なぜ、あの裏切り者のプロドハイマー＝フェンケンが自分をエングフェルンで捕まえなかったのか、その疑問に、サーフォはそれほど長く頭を悩まさなかった。フィルセンクは、ひとりではうまくやる自信がなかったのだ。山のここには協力者がいる。だから、失敗はしない。

サーフォは安全な距離をおいてフィルセンクのあとをつけた。裏切り者は尾行されているとは思っていないらしい。一度も振りかえらなかった。フィルセンクは自分より前にサーフォがいると思っているのだ。サーフォはヴァーセル農場までの距離を二、三キロメートルと予想していた。罠に近づいていた。道のどこかに見張りが立っていて、サーフォも罠に落ちるのを待っているにちがいない。もしフィルセンクが見張りに出くわしたなら、危機的状況になる。なぜなら、フィルセンクは獲物が前を歩いていないことに気づくからだ。

サーフォはフィルセンクから目をはなすまいとして、あわや行きすぎるところだった。角を曲がると、十五メートルとはなれていないところにフィルセンクが立ちどまっているのが見えた。サーフォにとっては予想外だった。かれはすぐさま地面に伏せ、かくれ場になるわきの藪まで這っていった。フィルセンクの声が聞こえた。だれと話しているのだろう？　向こう側の藪をわけて、二体めの水色毛皮があらわれた。二体がなにを話しているのか、サーフォには理解できなかったが、さかんに身振りをまじえている……フィルセンクがきた道と、反対側とを指さしながら。反対側には、裂け目のある岩壁が梢の向こうにそびえていた。あそこに罠があるにちがいない。

フィルセンクはふたたび進んでいった。仲間の一体は、藪のかげにひっこんだ。サーフォはもどって百メートルほど歩き、かくれている見張りを大きく迂回するべく、横道に身を転じた。密生し、もつれあった藪のなかを前進するのは、おそろしく困難で時間を食った。サーフォはできるだけ岩壁の上端にたどりつくように、山腹を上に向かって動いていった。岩壁の下には罠があるだろうと推測していた。一度、ねばねばした褐色の液体が満ちた穴のなかに、膝まで落ちこんだ。そのなかから、赤い吸盤を持つ食虫植物の繊毛がすばやくのびだしてきたとき、サーフォは横に身を投げ、ねばねばした陰険な塊りから、力いっぱい脚をひきぬいた。先を急ぎ、以後は、足を踏みおろす地面がどんな性質を持っているかに、いっそうの注意をはらった。

かなりたって、サーフォは山腹ぞいにのびるせまい小道にたどりついた。小道は岩壁のある方角に向かっていた。しばらく小道を歩き、だれかが道のまんなかに落とし穴をしかけた場所にやってきた。穴は、周囲と区別をつきにくくするため入念におおわれていた。最近、なにかが罠にかかったと見えて、おおいが踏みぬかれていた。だが、穴のなかは空っぽで、底にこぶし大の石がいくつか散乱しているだけだった。

サーフォは疑問に思った。これほど危険な障害物を道のどまんなかにしかけるなんて、どんなばか者だろうと。だが、その思いに浸っているひまはなかった。いまは険しい岩壁の高さまできているはず。左のジャングルにはいり、用心しつつ前進していった。予測が間違いでないとすると、かれは敵のすぐ間近にいることになる。植生はまばらになっていた。地面は石だらけで、植物はここでは充分な栄養を摂取できないだろう。

突然、地面に窪地があらわれ、サーフォは足がぐらつきかけた。その下は急傾斜になり、深みに向かってまっすぐに落ちる裂け目の多い岩壁と、いきなり合体していた。サーフォはわきのほうに向きを変え、危険なしに急傾斜の壁に近づける場所を探した。腹這いになって、縁から深みをのぞきこめるところまで進んでいった。

岩壁は、何世紀も前に起きた地滑りで山腹がひきさかれて生じた窪地のうしろ側の末端をなしていた。窪地の底はサーフォの十二メートル下にある。そこで動きがあった。異なる種族の者たちがグライダー一機のまわりに、ひしめきあっていた。グライダーはここで墜落したかのように、横向きに転がっていた。

サーフォはくるのが遅すぎたと認めた。二機めが、わきにはなれてとまっていたのだ。

5

　ブレザー・ファドンが半球形の家に足を踏みいれたとき、ヴァーセルは湯気のあがった穀物と肉の粥をすでに用意していた。ほかにも、前の晩にスカウティがおおいに気にいった飲み物の小さめの缶もあった。ブレザーは空の食器を床に置いた。

「友は、よくなっていればいいが？」ヴァーセルはそうあいさつした。

「ああ、よくなった」ブレザーはだみ声でいった。

「カリドゥラから医師を連れてこられなくて、残念だ。医師は金がかかる。あんたたちだって、よけいな出費をするほどの金は持っていないだろう。どうだね？」

「医師はいらない」ブレザーはいった。かれらの所持金についてのヴァーセルのたずね方に、不安をおぼえた。「足は自然になおる」

「それはいい」ヴァーセルはいうと、トカゲの目でじっと見つめた。その顔には感情の動きはまったく、うかがえなかった。「さ、食べるといい。わたしの出すものは贅沢ではないが、滋養に富んでいる。一年たったら、また訪ねてきてくれ。そのときは、王様トカゲのようなもてなしをするから」

「ゆうべ……お客が？」ブレザーはきいた。

「ああ、聞こえたのか！」ヴァーセルに驚くようすがまるでないことに、ブレザーは気づいた。相手は質問を予測していたのだ。「あれはフィルセンク、商人だ。よく、ここに立ちよる。わたしは、ときには買うこともある。ときには無一文のこともある」

「買ったのか？」

たちいった質問だったが、ヴァーセルは失礼だとは思わなかったようだ。

「買ってはいないが、注文した。あす、フィルセンクは注文した農作業用の自動機械を持って、もう一度やってくる。農場を自動化する時期がきたと思っている」

ブレザーは半球形の家のなかを見まわした。ヴァーセルの住居はひろいが、みすぼらしい。家具は簡素で、粗削りな細工の、間にあわせのものだ。ターツの気質にはあうのかもしれないが、ブレザーなら、このような環境を快適には感じないだろう。

ブレザーは鉢と缶を手にとると、礼をいって、外に出た。伐採地を横切るとき、ある考えが浮かんだ。

かれはヴァーセルが農業従事者を捕まえるために落とし穴をしかけたと疑っていた。貧乏なヴァーセルには、それ以外の方法では人集めできないからだ。穴は、たとえばクラン人を捕まえられるほどの深さではない。だが、ヴァーセルにはあえてクラン人を捕まえる勇気はないだろう。なんといってもクラン人は、公国の主だから。落とし穴は、プロドハイマー＝フェンケン、ターツ、アイ人など、もっと小柄な者が通りかかることを想定してつくられたのだ。ヴァーセルは犠牲者が重傷を負わないように注意しなければならなかった。でないと、その者はかれの役にはたたなくなるから。

だからこそ、穴の底に石を置いたのだ。罠に落ちた者は、まさに、ヴァーセルの助けを必要とする程度の傷を負うことになる。原則は単純で効果的だった。その証拠がスカウティだ。

ブレザーは自分の考えにたしかな自信を持っていた。

＊

しかし、そうかんたんにスカウティを納得させることはできなかった。

「とっぴに聞こえるわ」スカウティは、ブレザーの説を聞いたあとで、いった。「ケリヤンはごく最近まで、厳格な服務規定と徹底した監視体制を持つ軍事基地だった。このような惑星で、跡形もなく消え失せるなんて不可能よ。ヴァーセルが捕まえた農業従事者は、まもなく失踪者としてあつかわれ、捜索されるでしょう。最後にはすべてが露見する。そんなリスクをあのターツがおかすとは思えないわ」

ブレザーは話題を変えて、フィルセンクという商人の訪問について知りえたことを話した。

「それよ！」スカウティはいった。「考えられるとしたら、それよ」

「どういう意味だ？」ブレザーはあっけにとられて、彼女を見つめた。

「あなたはヴァーセルの小屋のことを話したわね。どれほど貧乏かは、わたしもかれ自身から聞いたわ。そんなヴァーセルが、どうやって農業用機械を買うの？ そのお金はどこからくるの？」

もちろん、スカウティのいうとおりだ。ブレザーは落とし穴の使用目的についての自説にこだわるあまり、ヴァーセルの購入計画には、まるで注意をはらっていなかった。

「おそらく、借金するんじゃないかな？」ブレザーの異議は弱かった。

「担保なしで？ フィルセンクはどの種族に属しているの？」

「それについてはヴァーセルにきかなかった。声からすると、プロドハイマー＝フェンケンにちがいない」

「プロドハイマーのことは知っているでしょう」スカウティはいった。「遊び好きで、おしゃべりよ。艦隊で訓育をうければ、すぐれた医師にはなれる。でも、商人としてはどうかしら？ ずるがしこくて、抜け目がなく、金銭欲が強い。ぎりぎりまで一タリでも多く値切るわ」

「いったい、どういうことなんだろう？」ブレザーはもう反論はしなかった。

「それはあすになってみないと、わからないわ」スカウティは答えた。

その日は、なにごともなくすぎていった。ヴァーセルは畑仕事のあとで、客の小屋をしあげるためにやってきた。ブレザーはかれを手伝ったが、ターッにくらべると、手ぎわが悪いことが明らかになった。

「商人は徒歩でくるのか、それとも乗り物で？」ブレザーは屋根に木の葉を敷いているヴァーセルにきいた。

「時によりけりだ」ヴァーセルは仕事の手を休めることなく、答えた。「なぜだね？」

「あすは機械を持ってくる」ブレザーはだみ声でいった。「まさか、徒歩ではないだろう？」

「そう。あすは輸送グライダーでくる。なぜ、興味があるのかね？」

「われわれを連れていけるかも」ブレザーはいった。

ヴァーセルはブレザーを見おろした。トカゲの目が光った。

「それは、いい思いつきだ」かれはいった。「だが、商人はただではやらない。すこしははらわなければ。あんたたちは、どこへ行きたいのだ？」

「アヒール海」ブレザーはいった。

「フィルセンクはそんなに遠くまでは行かない。もし、連れていくとしても、その手前のどこかで降ろすだろう」

この会話はあとあとまで、ブレザーを考えさせた。

＊

翌朝、スカウティは歩いてみた。ブレザーとヴァーセルは彼女を見守り、言葉ではげました。ブレザーは前よりも混乱していた。もしヴァーセルが本当に、農作業をさせるために自分たちを捕らえたのだとしたら、ふたたび出発させる気はないことを、いち早く知らせるはずだ。だが、ヴァーセルはスカウティの早い回復を心からよろこんでいるように見えた。ブレザーがあらためて、プロドハイマー＝フェンケンの商人に運んでもらえる可能性はあるかとたずねると、ヴァーセルは前日と同じように答えた。

「かれに話せばいい。金をはらえば、きっと多少のことはしてくれるだろう」

昼は焼いたパンと水という質素な食事だった。そのあと、ヴァーセルは半球形の家の裏で植えつけ作業をした。半時間後、ブレザーはヴァーセルが家のほうから跳びだしてくるのを見た。腕を振りまわして叫んでいる。

「事故だ！　早くきてくれ。救出しなくては！」

ヴァーセルが古ぼけたグライダーを動かしているあいだに、ブレザーは事情を知った。フィルセンクから連絡があり、かれのグライダーが農場の下のほうの、通行困難な荒れ地で墜落したか、障害物に衝突したというのだ。フィルセンクは負傷したらしく、どうすることもできないという。

スカウティは自力で乗れると大声でいいはったが、結局は乗せてもらった。ヴァーセルは操縦席につき、ブレザーは後部座席にスカウティとならんですわった。グライダーはあえぐようなエンジン音をさせながら小刻みに動きだした。伐採地をあとにしたとき、ブレザーは振りかえった。マクワリのウンルが、長くしなやかな脚でグライダーを追ってくる。獣の姿はブレザーを不安にさせた。

ブレザーはフィルセンクの事故について知っていることをスカウティに伝えた。スカウティは有柄眼を揺らした。それは、彼女がマスクの下でむずかしい顔をしていることを意味していた。

「どこか、おかしい?」ブレザーはきいた。

「なにも意図がないようには聞こえるけど」スカウティはつぶやくことで、ヴァーセルから聞かれまいとした。「でも、その商人はどうやってヴァーセルに知らせてよこしたの? かれの小屋で無線機を見かけた?」

＊

ブレザーは肩をそびやかした。

「ヴァーセルと本気で話す必要がある」かれはいうと、グライダーの前部へ向かおうとした。

「ちょっと待って」スカウティはかれの腕をつかんだ。「わたしたちアイ人は鈍重でお人よしなのよ。怒りを強調するのは意味がないわ。まず、かれが、わたしたちをどこに連れていくのかを見ましょうよ。なにが起きても、わたしたちは銃を持っているわ」

古ぼけたグライダーは鬱蒼たる植物群のジャングルをこえて、けわしい山腹に向かってまっすぐ降下していった。ブレザーは自分が若木の藪のなかにつくった道に目をやったが、マクワリはどこにも見えなかった。

ついに、かれらは小道についた。ヴァーセルは左に折れた。山腹は突然、後退した。左には岩だらけの地があり、背後には険しくそそりたつ壁が境界をなしていた。

窪地の底で、商人のグライダーがななめに岩にもたれかかっていた。屋根にひろい貨物プラットフォームがついた、近代的なタイプのものだ。大きな幌の下にかくされている貨物の中身がなんなのか、ブレザーには見当もつかない。グライダーの前の地面には、小柄なプロドハイマー＝フェンケン一体が横たわっていた。かれは意識があり、ヴァーセルの古ぼけたグライダーを目にすると、力なく合図した。

「わたしはここにいるから、あなたは見てきて」スカウティは小声でいった。ブレザーは同意するように、うなずいた。

ターツがグライダーをとめ、がたがたいうエンジン音がしずまると、ブレザーは跳びおり、プロドハイマー＝フェンケンのそばにひざまずいて、助けようとした。だが、水色毛皮の者は不安げな身振りで拒絶の意志をしめして、ささやいた。

「動けないのだ！　背骨が折れている」

ブレザーは急いでやってきたヴァーセルに商人の世話をまかせ、墜落機を調べにかかった。まず気づいたのは、エンジン出力がきちんとゼロにおさまっていることだ。どうやったのか？　商人はグライダーが岩に衝突したさいに背骨を折ったというが、それからエンジンを切り、外に出て地面に横たわり、それ以降は動けないのか？　ブレザーは疑わしげにグライダーから外をうかがった。ヴァーセルは負傷者の上にかがみこみ、スカウティは古いグライダーの開いたハッチのそばにすわっている。恐れるようなことはなにも起きていなかった。

ブレザーは貨物プラットフォームの上にあがった。プラットフォームの縁に幌が結びつけられていた。マグネット錠をはずすのに骨が折れた。幌をわきに投げると、二個のプラスティック容器があった。振ってみて、空であることがわかる。ヴァーセルが注文したという自動機械はどこにも見あたらない。

「用心しろ、スカウティ！」ブレザーはプラットフォームの縁までからだを滑らせ、キルクール語で叫んだ。

そのとき、突然、ヴァーセルが身を起こすのが見えた。スカウティはコートを勢いよく開いた。だがその瞬間、グレイの稲妻のように、マクワリの長いからだが藪のなかから突進してきて、スカウティに跳びかかった。

ブレザーはプラットフォームから転がるようにおりた。甲高い声が聞こえた。

「充分、嗅《か》ぎまわっただろう、異人」

次の瞬間、ブレザーは頸筋に刺すような痛みを感じた。かれは前のめりに倒れ、意識を失った。

＊

ブレザーは地面に横たわっていた。呼吸がひどく楽になっているのを感じた。マスクがはずれている！　目を閉じ、意識がもどったことをかれらに知られまいとした。腕も足も動かせないことは、すぐにわかった。縛られているのだ。

ああ、十分前に、すべてがわかっていたら！　前日の朝、小屋の前で踏みつけられている植物を見たことを思いだした。もうすこし注意深かったなら、植物がなかば立ちあがりかけていることに気づいただろうに。植物は前の晩に踏みつけられていた。自分とスカウティが小屋のなかでしゃべっているのを、フィルセンクが盗み聞きしていたのだ。かれは自分たちがマスクをはずし、キルクール語で話すのを聞いていた。そのあと、フィルセンクはべつの方角から伐採地に近づき、ヴァーセルに向かって、到着を大声で告げたのだ。

あの水色毛皮は自分たちをどうしたいのか？　もちろん金稼ぎだ。たしかにベッチデ人の逮捕には、大きい賞金がかけられている。だが、かれはなぜ、その場で自分たちを拘束しなかったのか？　なんのために、こんな時間のかかる準備をしたのだろう？

　近くで声が聞こえた。プロドハイマー＝フェンケン数体の甲高く興奮した声と、歯をこすりあわせるようなターツの声だ。捕虜の運搬について話している。ヴァーセルは金の話をしていた。ブレザーはそっと目を開けた。右のほうにはヴァーセルの古ぼけたグライダーがとまっている。マクワリがそのそばにいて、捕虜たちから目をはなさなかった。スカウティはブレザーのすぐそばに横たわっていた。その向こうに、自称・商人のグライダーがある。すでに水平にもどされ、どうやら、損傷もうけていないようだ。

　プロドハイマー＝フェンケンたちは身振りをまじえて話していた。重傷者をよそおった者……あれがフィルセンクだろう……が、岩壁の縁を指さした。ブレザーが数えると、水色毛皮は五体いた。かれらは銃を持っていた。一体がショック銃でブレザーの頸筋を撃ったのだ。ブレザーはできる範囲で首をまわし、スカウティも似たような目にあったのを知った。彼女はまだ意識不明の状態だった。

　プロドハイマー＝フェンケンたちは、ある結論に達していた。フィルセンクともう一体が、ほかの者たちと別れ、岩壁を登りはじめた。非常に巧みだった。ブレザーはかれらが上でなにをするつもりかと、いぶかしく思った。フィルセンクとその連れは絶壁上部の縁に繁茂する藪のなかにもぐりこみ、視界から消えた。それ以外のプロドハイマー＝フェンケンたちは、岩の背後にひっこんだ。おそらく、ブレザーがグライダーのなかを調べるあいだ、そのかくれ場で待ち伏せしていたのだろう。ヴァーセルは明らかに不満のようだったが、かれらについていった。のこされたのは捕虜ふたりと、見張りのマクワリだ。

半時間が経過した。窪地の底は暑かった。うしろの壁が凹面鏡のように恒星の灼熱を反射させていた。ブレザーはなんとかして両手を自由にできないか調べようとして、用心しながら動いた。だが、筋肉を緊張させるたびに、ウンルが脅《おど》すようにうなり声をあげた。スカウティは意識をとりもどしていた。彼女は言葉を発するかわりに、空をじっと見あげた。いうべきことはなにもない。ふたりは幼子さながら罠にかかったのだ。

叫び声が静寂を破った。

「あそこに、やつが！」プロドハイマー＝フェンケンの声が鋭く響いた。「用心しろ、逃げていくぞ！　グライダーを動かして、やつを乗せるのだ！」

水色毛皮たちが岩かげから跳びだしてきた。一体が、商人のグライダーに跳びこんだ。エンジンがうなりをあげる。グライダーは窪地から勢いよく上昇すると、わきのジャングルに向かっていった。

のこるプロドハイマー＝フェンケン二体が捕虜のほうにやってきた。かれらはなにかを予想していたのだ。それがなんであれ、計画とは異なるやり方で起きたのだろう。ブレザーはこの混乱の隙に、いましめを解くチャンスがあればと願ったが、ウンルは依然として警戒していた。それに、水色毛皮たちはブレザーの考えを察知しているようだった。

一体がふたりの前にひざまずき、いましめがゆるんでいないかをたしかめた。

スカウティはブレザーのほうに顔を向けた。

「かれらはサーフォを追っているのよ」彼女はキルクール語でいった。

6

サーフォ・マラガンはあとになって、自分に平手打ちを食わせたくなった。自分しだいで局面は変えられたのに、手近なことで満足せず、不可能なことを達成しようとした。そのせいで、チャンスを逸したのだ。

スカウティとブレザー・ファドンがマスクを剝ぎとられ、縛られて地面に横たわっているのを見たときは、手遅れだと思った。数えると、プロドハイマー゠フェンケン五体……一体はフィルセンクだ……のほかに、ターツ一体がいた。かれらがグライダーを衝突させたのだ。二機めのグライダーの近くに、サーフォがこれまでに見たことのない動物がすわっており、意識不明らしい捕虜ふたりを見張っていた。

グライダーは水平に起こされていた。わざと岩にぶつけられたようで、見たところ、どこにも損傷はなかった。サーフォはブレザーとスカウティがどのようにして罠におびきよせられたかを、理解しはじめた。

水色毛皮たちとターツとのあいだで話しあいがはじまった。サーフォに理解できたかぎりでは、金のことらしい。フィルセンクともう一体のプロドハイマー＝フェンケンが仲間からはなれて、岩壁に近づいていき、サーフォからは見えなくなった。だが、まもなく、かれらが岩を登ってくるのがわかった。なにをしようとしているかは、明らかだ。三人めのベッチデ人がまだ、かれらの罠にかかっていない。フィルセンクはいまだに、自分が書いたにせのフォリオの手紙が思いどおりの効果を発揮するものと予想しているのだろう。道の前方には見張りがいる。下の窪地にはプロドハイマー＝フェンケン三体とターツがいたが、かれらの役目がサーフォにはまだよくわからない。そして、上のここでは、フィルセンクとその連れがうずくまっていた。最後のベッチデ人は、あらわれたが最後、完全にとりかこまれるのだ。

サーフォは物音から、フィルセンクたちが左のほうから岩壁を登ってくるのを察知した。そちらを向くと、自分の手にひっかき傷をつけた茨の藪のなかに、かくれ場があった。サーフォはフィルセンクをこの裏切り計画のリーダーだとみなした。フィルセンクを意のままにすれば、スカウティとブレザーはかんたんに解放できるだろう。どうやってここから逃げだすかはまたべつの問題だ。マスクは見破られている。

フィルセンクと連れは、岩にかこまれた窪地を、下からは見られずに見わたせる場所を探していた。サーフォはかれらから二メートルとはなれていないところにかくれた。プロドハイマー＝フェンケン二体は、小声で話しあっていた。サーフォはどの言葉も、ほとんど理解できた。

「あのターツは、金ばかり狙っている」フィルセンクの連れはいった。「金をはらったら、追いはらったほうがいい。かれは大騒ぎしすぎだ」

「で、われわれはなにを狙っている？」フィルセンクは皮肉っぽくきいた。「一万タリだ。三人全員を捕まえたらの話だ。下にいるふたりだけでは六千タリしかもらえない。六千タリで満足しなければならないと聞いたら、ヴァーセルはよろこばないだろう」

「そもそも、ヴァーセルに金をはらう必要があるのか？　なぜ、あっさり追いはらわないのだ？」

フィルセンクはなだめるようなしぐさをした。

「友よ、わたしは商人だ。とりきめを守らなかったという陰口をだれにもいわれたくない。ヴァーセルの落とし穴がなかったら、ベッチデ人ふたりを見つけることはできなかった。あのふたりが何者なのか、ヴァーセルは知らなかった。かれは畑仕事をする者を捕まえようとして、罠をしかけたのだ。あのふたりはかれのために働くはずだった。わたしはヴァーセルに、ベッチデ人を捕まえれば賞金がもらえると話し、金の一部をあたえると申しでた。かれはすぐさま、話に乗った。商人同士のとりきめだ。賞金の十パーセントがあれば、安い労働力ふたりぶんを失う埋めあわせがつく」

「異常な方法で手にいれた労働力か」フィルセンクの連れは皮肉をいった。だが、それ以上は、フィルセンクに異議を唱える気はないようだった。かれは話題を変えた。「きみは三人めのベッチデ人もかならずここにあらわれると、予想しているのだな？」

「いまのところはね」フィルセンクは答えた。「だが、わかったもんじゃない……あの若者は頭がいい。ひょっとすると、あやしいと気づいたかもしれない。そうなれば、下のふたりで満足するしかない」

「きみの話していたアイ人突然変異体がベッチデ人だというのは、たしかなのか？」

「まちがいない」フィルセンクは小声でくすくす笑った。「かれはその前の午後、技術的問題をかかえた建設部隊を助けたのだ。アイ人にそんなことができるか？　わたしが話しかけると、かれは明滅信号でなにかを伝えた。だが、それがアイ人信号だというなら、わたしはあの下にいる獣に変身してみせてもいい。次に、かれは自動供給装置からクラン人用の食事をとりだした。いいか、クラン食を食べるアイ人がどこにいる？」

聞き耳をたてていたサーフォは、歯ぎしりしたい衝動をおぼえた。あの眼力鋭いプロドハイマー＝フェンケンは、自分のたったひとつの失策をも見逃さなかったのだ！

「まだ二時間はある」フィルセンクは説明を終わりにした。「それまでに、かれがあらわれなかったら、いまあるもので満足するしかない」

サーフォ・マラガンはこのチャンスをつかむべきだと思った。ショック銃をぬき、安全装置をはずした。二発で、両プロドハイマー＝フェンケンは意のままになる。だが、いけない！　決定的な打撃をあたえる前に、友ふたりの前に姿をあらわしたかった。かれはほんのすこしずつ、かくれ場の藪からゆっくりとあとずさりし、充分な距離をおいて、からだを起こした。前方へ十メートルくだると岩壁に近づく。あとすこしで到達するというとき、足もとの地面が動いた。

サーフォはうしろに身を投げ、低く垂れた小枝をつかみ、それをひきよせて安全をはかった。険しい岩壁を、砂埃がなだれのように落ちていく。繁茂した木の葉の向こうに、プロドハイマー＝フェンケンの水色毛皮が見え、ショック銃のうなる音がした。だが、そのビームは、サーフォからずっとはなれたところを狙っていた。甲高い声が響いた。

「あそこに、やつが！　用心しろ、逃げていくぞ！　グライダーを動かして、やつを乗せるのだ！」

水色毛皮は姿を消した。サーフォは大急ぎで走っていった。

＊

サーフォは山腹を上に向かって突進し、もときた道をもどり、落とし穴のある小道までできた。小道を行けばスピードをあげられるだろうが、近代的なグライダーが相手では、短距離走者の速度がなんになろう？　甲高いエンジン音が、あたりを貫いて聞こえてきた。近づいてくる。小道ではだめだ。追跡者から逃れるには、藪にはいるしかない。

サーフォは落とし穴をあとにし、苦労して山腹を登っていった。ジャングルに展望を妨げられ、尾根までどれくらいの距離があるのかは、わからなかった。グライダーのエンジン音はますます大きくなってきた。フィルセンクは梢の上すれすれにグライダーを操縦し、逃亡者の歴然たる足跡を追っていた。

サーフォは大きく迂回してひきかえそうかと考えた。あそこにいたプロドハイマー＝フェンケン全員が自分を追ってくるなら、スカウティとブレザーを解放するには絶好のチャンスだ。いや、フィルセンクはそんなにおろかではない。充分な数の見張りを捕虜のそばにのこしているだろう。

植生がまばらになってきた。サーフォは森のはずれから、山腹のほとんどなにも生えていないところに目をやった。黄色く、なかば枯れた葉をつけたわずかな藪が、たがいに距離をおいて生えている。かくれ場はどこにもない。サーフォは尾根のようすをうかがった。まだ二キロメートルはある。尾根をこえてまで、フィルセンクは追ってこないだろう。山の向こう側は見とおしがきかず、危険すぎた。

そのとき、サーフォの目に、地面から高くのびる細いポールが見えた。てっぺんにはちいさいランプがついている。ほのかな赤いその光は、恒星の輝きにほとんどのみこまれていた。サーフォは右に目をやった。百メートル先に、第二のポールがある。左にも、百メートルはなれたところに第三のポールが立っていた。

サーフォの頭に、ある計画がかたちをなしてきた。かれはグライダーの音に耳を澄ませた。さっきほど大きくなかった。最後の二、三百メートル、サーフォは、道をつくったあとを目だたせないよう、努力をしてきた。フィルセンクはかれの足跡を見つけるのに苦労するだろう。

山腹には身をかくす場所はなかったが、これまではわずらわしいとしか感じていなかった黒っぽいコートのおかげで、乾いた藪やかたくなった地面に溶けこんで見える。フィルセンクがこちらを見つけるには、よほど注意を集中しなければなるまい。

ポールまで行きつくと、数秒間、息をととのえた。このあと数分間はきつい作業になる。体力を要するだろう。サーフォはかたい地面に深く打ちこまれたポールを揺さぶりはじめた。ポールの素材は曲げやすいプラスティックだった。ときどき尾根を襲う嵐に抵抗しなければならないからだ。サーフォはポールをあちこちに曲げることによって、土壌をやわらかくした。そのあと、身をかがめ、ポールの、なるべく地面に近い部分をつかんで足を踏んばり、ひっぱった。地面が、それまで揺るぎなく保持していたものを解きはなったとき、サーフォは支えを失い、あおむけに転がった。ポールは横倒しになり、ちいさな赤いランプも消えた。サーフォはいまいましげに笑うと、次なる目印へ急いだ。そのさい、ポールのあいだの見えない境界線をこえないように気をつけた。

走りながら、見まわした。フィルセンクのグライダーが山腹の数百メートル下に見えた。逃亡者の足跡をふたたび見つけ、できるかぎりの速さで追ってきたのだ。あと一分もすればジャングルの縁までくる。それまでに作業を終えなければならない。

二本めのポールは、最初のよりもっとかたく地面に食いこんでいた。サーフォは山腹を見おろした。グライダーは森の縁から数十メートルほどしかはなれていない。かれはもう一度、力を振りしぼって頑固なポールを揺さぶった。次に両手でかかえこみ、指を組みあわせてぐいとひっぱる。しまいには腕の関節がぽきっと音をたてた。グレイのプラスティック製ポールは、かたい地面からゆっくりとぬけた。サーフォはそれをわきに投げた。

そのあと、かれは前方に転がり、山腹を這いのぼって、ポール二本がしめしていた境界線をこえた。高重力が、さながら巨人のこぶしのように、サーフォを地面に押さえつけた。力を振りしぼろうとしても、酷使されたからだが逆らう。意識の縁に、失神の闇が迫り、かれを打ちのめそうとした。

サーフォは二秒間、休息し、さらに這いすすんでいった。

＊

サーフォが必死で岩塊まで這いのぼっていった二十五メートルは、これまでの人生で踏破したなかでも、もっとも苛酷な道のりだった。

その間に、フィルセンクに見つかった。南西にある恒星がグライダーの透明キャノピーを光らせた。フィルセンクは操縦席についており、助手席には連れのプロドハイマー＝フェンケンがすわっていた。グライダーはジャングルの縁をはなれて、山腹に向かってきた。

サーフォは身がまえた。すべてがほんものに見えなくてはならない……自分は負傷していて、これ以上は逃げられない、というように。足をくじいたかのように背を曲げた。だが、抵抗せずに捕まったりはしない。ブラスターをとりだし、やっとの思いでかまえたように見せた。フィルセンクが、捕まえたいと思っている変装したベッチデ人以外のものに注意を向ける可能性はないだろう。

時間がなくてとりのぞけなかった第三のポールが、サーフォの目のすみに見えた。フィルセンクはポールに気づいただろうか？　最後の瞬間に、危険な境界線に近づいていることを見ぬくだろうか？　そこから先は、谷の人工重力に変わって、惑星ケリヤンのそのままの重力が支配するのだ。

サーフォは発砲したが、狙いは遠くはずれた。どのみち、グライダーはエネルギー・ビームの熱線の有効射程外にいたのだが。それでもフィルセンクはいらだち、回避操作をおこなった。大きく北に迂回し、機体を上下させながら、見たところ無力な状態のベッチデ人めがけて撃った。

高く飛んだとき、フィルセンクは目に見えない境界線をこえていた。自動センサーが危険を知らせ、グライダーに追加の推進力をあたえようとする。エンジンがうなりをあげたが、グライダーには充分な余裕がなかった。殺人的な重力にひっぱられ、機体を水平にもどす間もなく、地面に墜落した。

グライダーは横倒しになり、ひっくりかえった。砕けた岩が雨あられと降りそそぎ、大量の砂煙が巻きあがる。もうもうたる埃を通して、爆発の赤い炎がひらめいた。すさまじい轟音《ごうおん》が山腹にこだました。

サーフォはひきさかれそうな重力をもかえりみず、駆けだした。こんなことを望んでいたのではなかった！　喉は埃でひりひりし、熱い空気と過熱した金属の悪臭が押しよせてくる。水素タンクのあったグライダー後部では、金属とプラスティックの破片がもつれあっていた。助手席についていたプロドハイマー＝フェンケンは前方に投げだされ、ハーネスを締めたまま、だらりと垂れさがっていた。サーフォはかれを慎重にひきあげたが、どんな助けももう間にあわなかった。

その十分後、サーフォはフィルセンクを見つけた。墜落したグライダーが地面につくった深いわだちの近くだ。墜落時に機内から投げだされたらしい。かれは運がよかった。意識不明ではあったが、命の危険はなかった。

サーフォは目に見えない境界線をこえて、フィルセンクを重力のすくないほうへひっぱっていった。

*

窪地は無人だった。押しつぶされた木の葉から、いましがたまで、ここにまだ二機のグライダーがとまっていたことがわかる。サーフォは岩壁の上端にしゃがみ、暗い目で窪地の底を凝視した。隣りにはフィルセンクが横たわっていた。意識はとりもどしたが、肩の骨が折れているので、動くことができなかった。

サーフォはマスクをはずして、そばに置いた。

「きみをあっさりこの縁まで転がしていって、落とさなかったのは、なぜだと思う？」

かれはクランドホル語でつぶやいた。

「あんたの良心がそうさせたんだろう」フィルセンクは押しつぶしたような声で答えた。

「良心だって？　は！　きみは一万タリのために、わたしと友ふたりをだまし、防衛隊にひきわたそうとした。なぜ、わたしの良心がきみを救わなきゃならんのだ？　防衛隊から逃げたのは、われわればかりではなかった。強欲なきみたちがいなかったら、ほかの者たちも助かったのだ」

「あんたは手きびしい」プロドハイマー＝フェンケンはあえいだ。あまりにも弱々しくいったので、その声は吐息のように聞こえた。「この世界では、だれもができることをして生きている。賞金稼ぎはほかのことと同じく、商売なのだ。兄弟団の本拠はウナデルンにある。仲間にくわわっているのは、不満をいだく者、冒険家、革命家だ。スプーディ二匹を保持する者のみがうけいれられる。兄弟団は違法だ。公爵たちは兄弟団が勢力をひろげることを望んでいない。だから、防衛隊は兄弟団にくわわろうとする者の逮捕に賞金をかける。われわれ賞金稼ぎは、それにあやかろうとしているのだ」

「防衛隊にひきわたすべき者の幸福を無視して」サーフォは腹だたしげに応じた。

「かれらが、どんな目にあったというのだ？　ほとんどの者は強く説得されるだけだ。誤った道を選んだことを認め、もときた道をもどっていく……よぶんなスプーディをとりのぞかれて、最悪の場合、矯正プログラムをうけることになるが。われわれは手を血で汚してはいない。合法的に金をうけとるのだ」

「血のほかに夢もある。きみたちは、かれらを防衛隊にひきわたすことによって、その夢を奪ったのだ」サーフォは重々しく、まじめな口調で話したが、怒りはなかば消えていた。「かれらは体制に背を向けた目的を達することなく、家に帰るのだから」

「では、かれらの夢を救うためなら、わたしは飢え死にしてもいいというのか？」フィルセンクが皮肉にいった。

「あわれな小商人め」サーフォは立ちあがると、軽蔑をこめていった。「きみの視線は財布の縁から一歩も出ない。心配するな、わたしはなにも危害はくわえないから。面倒を見てくれる同胞がやってくるまで、ここで横になっていればいい。きみの連れには申しわけないことをした。きみが六千タリで満足していたら、かれはまだ生きていただろうに。二度とわたしの前にあらわれないように、気をつけるのだな」

サーフォは歩みさっていった。

＊

サーフォはエングフェルンに向かって、二、三キロメートルさまよい歩いた。その間にマスクはまたつけた。途中、プラスティック・フォリオに、フィルセンクがどこにいて、どのような状態であるかを書きしるした。プロドハイマー＝フェンケン、ターツ、クラン人たちが共同作業している畑の近くまでくると、遠くから目につくように、地面にフォリオを落として、先を急いだ。わざわざ、かれを追おうとする者はいなかった。遅くかれが藪のなかに姿を消す前に、数名がグライダーに乗って出発するのが見えた。遅くとも二時間後には、フィルセンクは医師の手当てをうけているだろう。

サーフォは大きく迂回し、カリドゥラをめざす方角にもどった。夕闇が訪れてまもないころに町につくだろう。都合がいい。フィルセンクとその連れが自分を追っているあいだに、ほかのプロドハイマー＝フェンケンは農夫のヴァーセルとともに、捕虜ふたりをともなってカリドゥラに向かっただろう。スカウティとブレザーは、そこで当局にひきわたされるはず。ヴァーセルが賞金稼ぎたちを連れていったのは、そうしないと金にありつけないからだ。賞金の十パーセントにくわえ、プロドハイマー＝フェンケンたちにグライダーを貸した料金として五十タリが手にはいる。

サーフォの課題は、スカウティとブレザーが拘置されている場所を見つけ、チャンスがありしだい、ふたりを解放することだ。かれはとくに足を速めることなく、考えこんだ。独自の目標を追求しようとすればするほど、社会の規則、規範、法律に違反してしまうのはなぜだろう。好んでそうしているわけではない。自分と友ふたりは、クランドホルの賢人を訪ねるのを使命と決めていた。先祖の船で宇宙空間を航行し、最後に王の花の惑星に墜落した者たちの、その後の消息を知りたかった。先祖の運命について、また、キルクールにベッチデ人が定住したあとの子孫の運命について、たずねたかった。単純かつ正当な願いだ。それなのに、追求すればするほど、犯罪と関わるようになっていく。ほかのだれとも衝突しない目標を追求するのに、規則や法律に違反しないわけにはいかないのだろうか？　サーフォにはわからなかった。それは一種の自然法則にちがいない。どんな生物も、大部分は社会に属している。もし、この束縛から自由になろうとするなら……おのれの存在目的を社会に指図されず、自分で決めようとするなら……社会に背く個体は罪を背負うことになるという自然法則が適用されるわけだ。

サーフォは疲れていた。惑星そのままの重力への短い遠出によって、いまだに筋肉が痛む。かれの思いはもはや、きちんと説明のできない軌道をたどっていた。問題は見えていたが、解決がどんなかたちをとるのか、まるで見当がつかなかった。

恒星スムジャルクが西の山の向こうに沈もうとしている。サーフォは足を谷のほうに向け、ちいさな湖にやってきた。そのなめらかでしずかで平穏な水面は、かれを休息へと誘った。エングフェルンの休憩所で買った食事がまだすこしポケットにのこっていた。この暑さに、どうやってもちこたえたのかは、神のみぞ知ることだった。

湖岸すれすれにのびている草の繁茂する細長い道に、サーフォは大の字になった。頭の下で両手を組み、濃い青色の空を見つめた。だが、そのとき、疲労に襲われ、目が閉じそうになった。かれは身を起こし、ポケットから食べ物ののこりをひっぱりだした。最初のひと口を嚙もうとしたとき、うしろで物音が聞こえた。

＊

スカウティか？　頭にそう思い浮かんだ。

名前は呼ばなかった。スカウティでもブレザーでもないと、理性が告げていた。その者は五メートルはなれたところに立ち、頭部から二、三センチメートルつきでた有柄眼で、サーフォをじっと見つめていた。

色の明るい頭蓋の皮膚が、速いリズムで明滅した。サーフォは集中することに気をとられ、口を動かすのを忘れた。

〈あなたに満足を、兄弟〉と、その明滅信号は告げていた。

サーフォは口のなかのものをむりやりのみこみ、懸命にアイ人信号を思いだそうとした。

〈あなたにも、兄弟〉かれは答えた。

〈そばにすわってもいいか?〉見知らぬアイ人の頭蓋が明滅した。

〈もちろん、歓迎する〉それがサーフォの答えだった。

そのアイ人突然変異体は、サーフォの隣りに、ゆっくりとすわった。サーフォは気が気でなかった。アイ人信号を充分に使いこなすことができないので、遅くとも次の次の会話で秘密が露見しそうだ。どうすればいいのだろう? 他者と関わらず、ひとりでいるとの誓いをたてたという口実をもうけることは可能かもしれない。いや、もう手遅れだ。すでに、隣りにすわるようにとすすめたのだから。それに……そのように複雑なことを、どうすればまちがいなく明滅信号で伝えられるのか?

「話すことはできるか?」サーフォはだみ声でいった。

アイ人は漠然と肯定のしぐさをした。

「できる」顎袋を通して、声がとどいた。「うまくはないが」それと同時にアイ人が明滅信号を送ってきたので、サーフォはおちつかなくなった。

「練習しなければ」かれは頭蓋を明滅させずにいった。「公国はクラン人のものだ。クランドホル語を知らずには、やっていけない」

〈たしかに〉相手は明滅で答えた。

「空腹では？」サーフォはたずね、焼き肉の一片をさしだした。

〈ありがとう〉アイ人は頭蓋を明滅させた。〈クラン人の食べ物はからだにあわない〉

奇妙な会話だった。アイ人は明滅信号を、サーフォは言葉を使った。かれは話のなかで何度も、クラン語を学び習熟するのはだいじなことだといった。まるで、音声リールの反復再生のように。

〈フォルガンⅥのどのあたりからきたのか？〉アイ人は明滅信号でたずねた。

サーフォは心臓がとまるかと思った。フォルガンⅥについてなにを知っているだろう？　グルダで最後の夜をすごしたとき、図書館サービスで知りえたことだけだった。フォルガンⅥは熱帯惑星で、極地にしか住めないこと。最大の居住地が北極地帯にあること。

「南極」かれはだみ声でいった。

〈おお、わたしも同じだ〉アイ人は信号を送った。〈知っているか……〉

本来なら知っているべきことを、サーフォは知らなかった。明滅信号が理解できない。ある名前が話題になっているようだが……町か、居住者の名前が。

「知らない」かれは答えた。

「山育ちなもので。町は見たことがないのだ」

アイ人は黙りこみ、しずかな湖面を見わたした。恒星は山の向こうに沈み、夕闇が東の谷からひろがってきた。二、三分が経過した。サーフォは空腹をおぼえた。だが、食べる勇気がなかった。アイ人はかれの手を見、咀嚼《そしゃく》する動きに気づくだろう。

サーフォはそれ以上疑われないように、明滅信号によって文章を表現しようとした。

その瞬間、アイ人は立ちあがった。

「あなたは兄弟ではない」アイ人は完璧なクランドホル語でいった。「マスクをつけている。ひじょうに出来のいいマスクだ。なぜ、あなたがアイ人に変装しているのか、わたしにはわからないが、助言したい。アイ人の表現法を学びなさい」

サーフォは打ちひしがれ、ぼんやり前を見た。アイ人は身動きひとつせず、サーフォの答えを待っていた。

「あなたの助言はもっともだ」しまいに、サーフォはいった。「でも、それをうけいれることはできない。このマスクをつけたのは、これだけが、わたしの体格にあうからだ。あなたの同胞だと称するのは、必要不可欠なあいだだけだ。このマスクを選んだからといって、あなたの同胞を軽く見ているわけではない」

「わかっている、友よ」アイ人はおちついて答えた。「追われているのだな」それは問いかけではなく、断言だった。

「自分で選んだことだ。犯罪はおかしていないし、だれにも害はあたえていない。だが、自分なりの目標を追求していて、そのために身をかくさなければならないのだ」

「名前は？」アイ人はたずねた。「あなたの偽名、アイ人としての名前だ」

この質問に音声で答えるのは、礼儀に反することになるだろう。

〈ミット＝スウィング〉サーフォは明滅信号で答えた。

「いい名前だ、友よ」アイはいった。「あなたもわたしも、公国では異人だ。クランドホルの公爵たちは、われわれがみずから選んだのではない生き方を押しつけた。宇宙は大混乱している。わたしは、すべてが善なるものに役だつべきだという信念を持っている。賢人は公爵たちに助言し、クラン人ばかりでなく、すべての者が幸福であるようにと願っている。いつの日か、すべての星間種族が同じ権利をもって統治されるような力強い星間帝国ができるだろう。だが、そうなるまでは、不確実な状態が支配する。わたしのように目的もなくさまよう者や、あなたのように他者のマスクで正体をかくさなければならない者が存在するだろう」

アイ人は黙って、暗く動きのない湖面を見やった。

「あなたの道に幸あれ、友よ」かれはいった。「わたしの道は孤独に向かっている。何週間もだれにも出会わないだろう。つまり、あなたの秘密をだれにも洩らさないと約束するまでもない」

サーフォは立ちあがり、マスクをはずした。

「同様に、あなたの道に幸あれと祈る、友よ」かれはいった。「探しているものを、見つけられるように。あなたに出会えたいま、わたしは足どり軽く歩んでいける」

「では、われわれはどちらも、利益をこうむったわけだ」アイ人は答えた。かれは自分の名前を明滅信号で教えた。〝スポットロス〟と、サーフォは読みとった。「おたがい、二度と会うことはないだろうが、思い出にのこるはず」

アイ人は向きを変え、歩みさった。一瞬のち、かれは闇にのみこまれた。

7

窪地の向こうに砂埃が巻きあがった。絶壁の縁に、プロドハイマー＝フェンケンの操縦するグライダーがあらわれ、ジャングルをこえて飛んでいく。

「サーフォを？」ブレザーはぼんやりときいた。「それはたしかな……」

「ほかにだれだというの？」スカウティはさえぎった。「サーフォはあの上に横たわって、わたしたちを見ていたにちがいないわ。そして、かれらに見つかったのよ」

しばらくして、グライダーを上まで操縦していったプロドハイマー＝フェンケンがもどってきた。

「すぐに出発する」かれはいった。「フィルセンクの指示だ」

こうした申しあわせが、前もってされていたにちがいない。なぜなら、ターツのヴァーセルはなんの異議も唱えなかったからだ。捕虜ふたりは古ぼけたグライダーに乗せられた。道ばたで見張りをしていた者たちもやってきた。プロドハイマー＝フェンケン三体が乗りこみ、ヴァーセルが操縦席につく。ターツはグライダーを窪地から小道へと出した。機会をみて、南西に向きを変え、カリドゥラにコースをとった。

途中、ヴァーセルとプロドハイマー＝フェンケンたちは、さっき中断した会話をつづけた。

「フィルセンクが三人めのベッチデ人を捕まえられなかったら」ヴァーセルはいった。「あんたたちは賞金を六千タリしかもらえない。そのうち十パーセントは、わたしのものだ。つまり、六百タリ。それでは割りがあわない。それなら、ふたりを畑の作業員としてとどめておいたほうがましだ」

「笑わせるなよ」一プロドハイマー＝フェンケンが答えた。「そんな方法で作業員を手にいれたら、二カ月もすれば、あんたは矯正センターに送られ、農業も、もうおしまいだ。六百タリで満足することだよ」

ヴァーセルはしばらくのあいだ、ぶつぶつ文句をいっていたが、しまいには抗弁するのをあきらめた。グライダーはそのあいだにグルダ谷の西端に到達し、平地をこえて、居住地カリドゥラへと向かっていた。グライダーはふらついたり、揺れたりした。エンジンの働きにむらがあるからだ。ときには、過度にかたむくこともあり、ブレザーはキャノピーを通して、遠くにちいさな町を見ることができた。グライダーは古いが、役にたつ通信装置をそなえていて、ヴァーセルは何度か、フィルセンクに連絡しようと試みた。問題は金だ。フィルセンクが三人めのベッチデ人を捕まえることができたかどうかを知りたかったのだ。しかし、フィルセンクと連絡はとれなかった。ブレザーは、水色毛皮たち三体が不安をいだくようすを観察していた。

突然、ヴァーセルが激昂する声がした。

「グライダーが一機、こちらに向かってくる！」かれは叫んだ。

「接近するにまかせろ」一体のプロドハイマー＝フェンケンが叫んだ。

二、三秒がすぎた。ヴァーセルは安堵したように、

「防衛隊のシンボルをつけている」

「よかった。それなら、いますぐ、賞金をうけとれる」

受信機が音をたてた。クラン人の低い、威嚇的《いかくてき》な声がいった。

「未知グライダー、停止せよ！　こちらは防衛隊の現場責任者ケルシルだ」

＊

「捕虜を降ろせ！」防衛隊グライダーの開かれたハッチを通して、命令が響いた。

「賞金を請求します！」一プロドハイマー＝フェンケンが叫んだ。

「心配するな、賞金はあたえる」

その声の響きのなにかが、ブレザー・ファドンを面食らわせた。皮肉っぽく、ほとんどあざけるように聞こえたのだ。あのクラン人はなにを考えているのだろう？　ブレザ

ーは首をまわし、スカウティが言葉のやりとりを注意深く聞いているのを見た。

「ヴァーセル、手を貸してくれ」プロドハイマー＝フェンケン一体がいった。力強い腕がブレザーの肩をつかんだ。べつの一体に脚をつかまれ、かれは持ちあげられて、ハッチから外に出た。二機のグライダーはぴったりならんでとまっていた。クラン人ふたりが警察グライダーから降りてきた。もうふたりが機内にいた。かれらは防衛隊員の青い制服を着用していた。操縦席についている小柄なクラン人は女だった。

「どこに運ぶのですか？」ヴァーセルはきいた。

「われわれのグライダーに」ケルシルと名のった防衛隊員が答えた。「貨物スペースに充分なひろさがある」

「われわれ、捕虜をカリドゥラにある防衛隊支部に運ぶつもりだったのですが」一プロドハイマー＝フェンケンが代表して述べる。明らかに疑念をいだいたようだ。かれはいった。「そこで賞金がもらえるはずですから。あなたはどういう……」

「心配するなといったはずだ」ケルシルはさえぎった。「きみたちには賞金があたえられる」

ヴァーセルの腕にかかえられて、ブレザーは開いたハッチに近づいた。グライダーの横腹がすぐ目の前に見えた。戦斧と刀に似た武器が交差する防衛隊のシンボルが、けばけばしい青色に光っていた。シンボルの縁がくっきりとした線になっている。絵ではなく、はりつけられたものだった。ブレザーの頭上にハッチの天井が見えた。ヴァーセルはかれを、ぞんざいに、貨物スペースの床に落としたのだ。

「どうやって、かれらを捕らえたのだ？」ケルシルはきいた。

プロドハイマー＝フェンケンの代表者は短く報告した。

「アイ人のマスクだと？」ケルシルはいった。「そのマスクを持っているか？　こちらによこせ。証拠品だ」

スカウティが運ばれてきて、同じように荒っぽくおろされた。顔を横向きにして、「これは罠よ！」と、声をひそめていう。「防衛隊なんかじゃ……」

「しずかに！」グライダーの操縦席にいた女クラン人がいった。

マスクが持ってこられ、同じく機内に投げこまれた。

「三人めのベッチデ人はどこだ？」ケルシルはたずねた。

「われわれの仲間が追っています」プロドハイマー＝フェンケンが答えた。「まもなく、ここへ連れてきます」

「そんなに確実なことはいえないだろう」と、ケルシル。「半時間ほど前に、谷の上で一グライダーが爆発したとの通報があった。もしかして、きみの仲間では？」

「わたしは……知りません」プロドハイマー＝フェンケンはつかえながら、いった。

「賞金はどうなるんですか？」ヴァーセルはうなるような声でいった。

「ああ、賞金か」ケルシルはいうと、連れの者のほうを向いた。「フモント、かれにあたえてやれ」

「用心しろ、ヴァーセル！」ブレザーは叫んで、抵抗した。

頭をはげしく殴られた。意識を失うまいと戦っているあいだに、かすかなざわめきと、スカウティのけたたましい叫び声が聞こえた。

「殺さないで！」

ブラスターがうなるような音をたてて発射された。だれかが金切り声をあげた。叫びに、怒り狂った吠え声がまじる。マクワリのウンルが主人のグライダーを追ってきていたのだ。ブラスターがもう一度、発射された。吠え声は苦しげなうめきに変わり、やがて、消えた。

だれかが開いたハッチから跳びこんできたので、グライダーが揺れた。

「急いで立ちさろう」クラン人の声をブレザーは聞いた。

グライダーは急上昇した。女クラン人が鋭くカーブを切ったとき、ブレザーの目に、燃えあがる炎につつまれたヴァーセルの古ぼけたグライダーが見えた。プロドハイマー＝フェンケン二体の動かないからだのそばに、ウンルのばらばらになった死体が横たわっていた。ヴァーセルともう一体のプロドハイマー＝フェンケンは、草の繁茂した土地をぬけて、あわてて逃げていった。

「これ以上、かれらの消息を聞くことはない」ケルシルはいった。

＊

クラン人は東の山脈の麓《ふもと》にひっそりと建つ農家のそばに着陸した。居住地カリドゥラの南でトルスティル川を横断し、しばらくのあいだは、あてどなく飛びまわっていたが、だれもあとを追ってこないことを確信したのだ。

着陸後、ケルシルと同胞のフモントが捕虜のいましめを解いた。三人めのクラン人がヤルスという名前であることは、かれらの会話から明らかになった。操縦席についていた女の名前はバンダルだった。

「立て。きみたちは安全だ」ケルシルはいった。

ブレザーは身を起こし、血流をよくするために、腕や脚をさすった。スカウティは燃えるような目でクラン人を見つめて苦々しげにいった。

「殺す必要はなかったのに」

「くだらない」ケルシルは不満げにいった。「公爵の従僕たちだ。なんの価値もない」

「なぜ、われわれを解放したのだ？」ブレザーはきいた。

「きみたちは兄弟団を探しているのだろう？」ケルシルは角ばった顔に、にやりと笑みを浮かべた。「われわれ、兄弟団だ」

かれらはグライダーから降りた。農家はプロドハイムふうのつくりだった。出入口のドアの高さは一・八メートルで、クラン人がそこを通りぬけるためには、しゃがまなければならない。かくれ家としては悪い選択ではなかった。この建物で、クラン人のグループを探そうとする者はいないだろう。

スカウティとブレザーは大きい正方形の部屋に連れていかれた。家具もまた、建物と同じくプロドハイムふうだった。椅子の座部はあまりにもせまく、ブレザーは押しこまれたように感じた。クラン人たちは、さっさと床にしゃがみこんだ。ひとり、ヤルスだけは、見張りのために外にとどまった。

「きみたちのことは《トリストム》から逃げたときから知っていた」ケルシルが口火を切った。「仲介者を通じて、動きを追跡していたのだ。きょう、きみたちが罠に誘いこまれたことを知って、介入した。兄弟団にくわわろうとする者が、防衛隊の手に落ちては大変だ。公爵たちの城郭は残酷な牢獄で、多くの者が獄中で死ぬ。死ななかった者も正気を失う」

「そのような城郭の話は一度も聞いたことがないわ」スカウティは、たいした感慨もなくいった。

「どのみち、それほど多くを聞いたわけではないだろう」と、ケルシル。「十週間前にはまだキルクールにいて、クランドホル公国のことはなにも知らなかったのだから」

ぶっきらぼうないい方に、ブレザーははらわたが煮えくりかえりそうだった。

「こちらを原始的な開拓者だと思っているのだな。しかし、現実には、われわれはつねに目を開き、できるかぎりすみやかに、多くのことを学んだのだ」

ケルシルは自己満足したように、同意をしめした。

「きみたちに期待しているのは、まさに、そのことだ」かれはいった。「きみたちはダブル・スプーディを保持することで高度の知性をあたえられた、選ばれた者なんだ」

スカウティとブレザーはたがいに視線をかわし、意思を通じあった。

「間違いよ」スカウティはいった。「わたしたちは二重保持者ではないわ」

＊

バンダルは驚いたような声をあげた。ケルシルは目を細めた。三人めのフモントはしきりに自分の両手を眺めていた。

「では、どういう理由で、兄弟団を探しているのだ？」ケルシルはきいた。

「助けが必要だから」スカウティが答えた。「兄弟団ならなんとかできると期待しているの」

「兄弟団は困窮におちいった者のための救援組織ではない」ケルシルははねつけた。尊大できびしい声だった。

「では、なんなの？」スカウティはぶしつけに切りかえした。

「兄弟団は政治的勢力集団だ。クランドホルの公爵たちによる独裁制の転覆をめざし、賢人の権力を破壊し、この宙域の種族に自由をもたらすのだ」ケルシルは暗記しているかのように、決まり文句をならべた。

「思ったんだけど、このふたり、どこかおかしいんじゃないの」バンダルが発言し、独特なしぐさで自分の頭を指さした。「実際、ひとりは賞金稼ぎたちに〝用心しろ〟といったんだよ」

「知性体の命はいずれも神聖なものだと、わたしは思っている」と、ブレザー。

「神聖！」その言葉を、ケルシルは文字どおり口から吐きだした。「神聖なのは自由だ。神聖なのは、公爵たちと賢人によって抑圧されてきたすべてのものだ。だが、賞金稼ぎの命が神聖だって？　そんなものには半タリの価値もない！」

ブレザーは狂信者を相手にしているのだと知った。だが、かれはスカウティから、勇気をしめすことを学んでいた。

「それは、あなたの考えだ」かれはしずかにいった。「わたしの考えとは違う」

「だれから兄弟団のことを聞いた？」ケルシルはすぐさま、また支配的な態度になった。

「キルソファーというクラン人だ」ブレザーは答えた。「《トリストム》の新入りの」

「聞いたことのない名前だ。その者はどうして、兄弟団ならきみたちを助けられると思ったのだ？」

「ああ、そのときは助けのことは話に出なかった」ブレザーは無造作にいった。「キルソファーはただ、われわれのひとりが二重保持者だと知っただけなのだ」

「やはり、そうか！」ケルシルは立ちあがった。「きみたちのだれだ？」

「まだ捕まっていない者よ」スカウティは皮肉めいた口調で、「サーフォ・マラガン」

「かれを見つけだすのだ」ケルシルはとどろくような声でいった。

ドアが開いた。ヤルスが身をかがめながら、はいってきた。

「カリドゥラからの報告だ」かれはいった。「防衛隊がアイ人突然変異体を全員、追いたてて集めている」

8

スポットロスとの出会いで、サーフォ・マラガンは考えこまされた。かれはかなり長い時間、しずかな湖岸にすわり、かわした言葉の余韻を味わった。あのアイ人と自分とは、これ以上ないほど異なっていた。だが、理解しあえた。不思議なことだ。もし宇宙に住む生物全員がたがいに話をするチャンスがあれば、たぶん平和に生きていけるだろう。

ようやく、サーフォは出発した。カリドゥラまでの道のりはあと二、三キロメートルしかなかった。真夜中よりずっと前にたどりつくだろう。夜の闇のなかを、色とりどりの明かりが滑るように動いていくのが見えた。グライダーのポジションライトだ。これほど多くのグライダーが飛行中だとは、注目すべきことだった。

目の前に思いがけなく、明るく照らされた光景があらわれた。防衛隊のシンボルをつけたグライダーと、もう一機、めちゃめちゃに壊れているグライダーが見える。青い制服姿のクラン人が、残骸となったそのグライダーを調べまわっていた。ふたつの身動きしないからだが持ちあげられ、警察グライダーに乗せられた。その二、三メートルわきに、動物の死骸が横たわっていた。サーフォは照らされている領域との境目から用心深く距離をおいた。それがどういう動物なのか、見きわめられるほどには近づかない。町に到着したとき、真夜中まであと四時間をのこすばかりだった。サーフォは疑り深く、感覚を研《と》ぎすませて、周囲を観察した。なぜなら、近づいてくるグライダーのすべてに、武器が交差する防衛隊のシンボルが見えたから。防衛隊を駆りたてるような、なにかが起きたのだ。ベッチデ人ふたりの連行と関わりがあると、おのずと推定された。

カリドゥラはエングフェルンより大きい。食事と休憩のできる施設が数多くあった。だが、サーフォは思いきって人ごみのなかに出ていく前に、見とおしをつけたいと思った。人けのない道路を通って、町の中心部へと歩いていった。トルスティル川の岸のすぐそばに、大きい広場があった。川には東に向かって橋がかかっていた。広場の西端に、防衛隊の東支部の建物が明るく照らされていた。

町の住人たちも、なにか異常なことがいまにも起きそうな気配を感じているようだ。広場の縁には野次馬が群れをなして立っていた。サーフォはかれらを避けて通り、高い柱にとりつけられた街灯のつくる光の輪のあいだの影にとどまりながら、すこしずつ防衛隊の建物へと近づいていった。エンジンのうなりが、群衆のおさえたざわめきをかきけした。ある道路の入口から、警察グライダーが一機、接近してきて、防衛隊東支部の正面玄関に通じる斜路の下でとまったのだ。ハッチが開き、クラン人ふたりが降りてきた。痩《や》せぎすの人物を連れている。

サーフォ・マラガンはわが目を疑った。

クラン人たちはスポットロスを捕まえたのだ。

＊

群衆は激昂した。威嚇的な叫びが広場にこだまする。

「ならず者は、あっさりかたづけろ！」

プロドハイマー＝フェンケン二体が斜路から十メートルはなれたところに立って、腹だたしげに腕を振りまわしている。サーフォは二体のそばに歩みよった。そのあいだに、防衛隊員ふたりは群衆の叫びにおかまいなく、スポットロスを建物に連行していった。

「なにが起きたので？」サーフォは建物の壁ぎわにかくれ、小声できいた。

「くそったれアイ人突然変異体たちが、暴れだそうとしている」プロドハイマー＝フェンケンの一体が、振り向きもせず、吐きだすようにいった。「兄弟団に属しているというふたりが連行されるはずだったが、運ばれてくる途中で襲撃があり、死者も出たそうだ。アイ人ふたりは逃亡したらしい」

「それで、防衛隊が追跡している……」

「もちろん、アイ人たちを！　潮時だ。あいつらは最初からあやしいと思っていた」

知りたかったことが聞けた。サーフォはひきさがった。その瞬間、プロドハイマー＝フェンケンが振り向こうとした。

「あんた、聞き慣れない声だな？　どこから……」

サーフォの動きは遅すぎた。壁ぎわから出たかれの顔を、近くの街灯の光がまともに照らした。水色毛皮がけたたましい叫び声をあげた。

「ここにいる！　逃亡者のひとりだ……」

サーフォがこぶしを前につきだすと、なにかにあたった。プロドハイマー＝フェンケンの怒りの叫びは消え、喉の鳴る音だけが聞こえた。かれはうしろ向きに倒れた。もう一体の仲間が不安げにあとずさりした。サーフォは踵《きびす》を返し、せまい側道に逃げこんだ。

広場では大騒動がはじまっていた。興奮した群衆がどなり、叫んでいた。サーフォはうつむいたまま、脚が許すかぎりの速さで走った。出会った通行人たちは驚いたようにかれを見つめ、避けて通った。人々がなにを叫んでいるのか理解できないようだが、いずれにしても、広場につけば、目撃したものについて知らせるだろう。二、三分もすれば、サーフォはすべてのものから追われることになるのだ。

幅二メートルたらずの暗い隙間が、二軒の家を隔てていた。サーフォはそのなかにからだを押しこんだ。背後はしばらくはしずかだったが、またあらたに騒音がどっと湧きおこり、接近してきた。群衆はサーフォの足跡を見つけだしていた。

頭上に、鈍い光が輝いていた。壁の、二・五メートルの高さにあるちいさな丸窓からさしてくる。サーフォは跳びあがり、窓枠をつかむと、それを支えにからだをひきあげた。目にしたのは作業場だった。がっしりした体格のターツが近代的なグライダーをいじっていた。エンジン・フードははずされ、原子炉はなかば撤去されていた。

サーフォは下におりた。外の道路から叫び声が近づいてきた。あと一分しかない。左側にドアがあった。かれはそれを手で探り、開閉メカニズムに触れた。ドアが開いた。

＊

「だれだ……」ターツは急に立ちあがった。

夜の訪問者を目にして、ターツは身をこわばらせた。サーフォはブラスターを手にしていた。それを使うつもりはないが、威嚇手段としてはショック銃より効果があった。

「心配無用」サーフォはだみ声でいった。「公正な商売をしたいんだ。あんたはそれで金儲けができる。だがまず、わたしをあの連中から遠ざけてほしい」

サーフォは大きい正面ドアを指さした。その向こうではいらだたしげな声が大きくなっていた。サーフォはターツが作業していたグライダーの背後に身をかがめた。ターツは、招かれざる客がブラスターの銃口を自分に向けているのを見て、ドアを開けた。外の道路には、投光器を手にしたプロドハイマー＝フェンケン数体が立っていた。

「いまいましいアイ人突然変異体がこのあたりに忍びこんだ」一体が甲高い声でいった。「そいつを見なかったか、ターッ？　あんたのところにかくれていないか？」

「だれもいない」ターッはどら声でいった。「仕事がたくさんあるのだ」

「気をつけるんだぞ！」水色毛皮は叫んだ。「ならず者を見たら、警報を出せ」

「そうしよう」ターッはいうと、ふたたびドアを閉めた。サーフォの耳に、プロドハイマー＝フェンケンたちの足音が遠ざかるのが聞こえた。かれはかくれ場からあらわれた。

「このグライダーはすぐに使える状態にあるのか？」サーフォはいうと、もう一機のグライダーを指さした。

「いや、それは自家用だ！」ターッは抗議した。「それは売れない」

「五千タリ出そう」サーフォは譲らなかった。

「五千……」トカゲ生物は目をぎらぎらさせ、信じられないというようにサーフォを見つめた。

「四千はグライダーの代金」サーフォは約束した。「千は操縦料として」

サーフォはポケットからひとつかみの硬貨をとりだし、ターッが機械的にさしだした手に、言い値の総額を数えてのせた。

「行き先は？」ターッは低い声できいた。「どこへ連れていけばいい？」

「この町からすこしはなれたいのだ。意味はわかるだろう」

「心配いらない」ターッはなだめるようなしぐさをした。「わたしがきみを水色毛皮にひきわたすのではないかと疑っているなら、それは間違いだ。アイ人にはなんの反感もいだいていない。この町で起きているのは、ヒステリーのもたらした醜い事件だ」

「用心するにこしたことはない」サーフォはかぶりを振った。「金ははらった。あんたの身の安全は保証する。わたしは一時間ほど相手をひきはなしたいだけなのだ」

ターッは訪問者が気持ちを変えないことを見てとった。あきらめたようにグライダーの側面ハッチを開き、乗るようにとうながす。だが、サーフォは命じた。

「あんたが操縦してくれ。どの方向に向かうかは、わたしがいう」

作業場の明かりが遠隔操作で消えた。門が開き、グライダーは照明をつけずに道路上に滑りでた。

＊

グライダーは、トルスティル川の西岸ぞいにグルダからウナデルンに向かう、ひろい公道でとまった。道路の縁にはところどころに建物がある……休憩所が二、三軒、修理工場がひとつ、居酒屋が一軒。カリドゥラからは六キロメートル進んでいた。

「道路わきに着陸してくれ」サーフォはいった。

ターッはしたがった。車道表面には朱色にきらめく通信誘導装置のケーブルがのび、ぼんやりとした薄明かりができていた。

「あんたはカリドゥラへ連れもどしてくれるだれかをかんたんに見つけられるだろう」

サーフォの声には疲労がにじみでていた。「あんたの助けに感謝する」

ターツはハッチを開いたが、降りるのをためらった。

「礼にはおよばない、異人よ」かれはいった。「充分に支払ってもらった。きみはアイ人ではないな。なぜ、アイ人のマスクをつけたりするのだ？　よりによって、今夜はだれもがアイ人突然変異体を追っているのに？」

「マスクなしでは、マスクをつけているより、もっと追跡が執拗になるからだ」サーフォは答えた。「わたしがアイ人でないと、どうしてわかった？」

「これほど完璧にクランドホル語に習熟しているアイ人に会ったことがない。話すとき、一度も頭蓋を明滅させないアイ人も知らない。〝ノー〟というときに頭を横に振る者にも出会ったことがない。きみは、まったく未知の惑星からきたにちがいない」

ターツはゆっくりとグライダーから降りた。

「きみがだれであれ、幸運を祈る。きみにはそれが必要だ」かれはいった。

サーフォはターツが道を歩いていくのを見送った。居酒屋があるのは、カリドゥラのほうに二、三百メートルもどった反対側の道路わきで、そこには道路の下をくぐるトンネルがある。居酒屋の前には十機以上のグライダーがとまっていた。遅くとも半時間もすれば、あのターツはまた、家にもどっているだろう。防衛隊には通報しないはず。サーフォは操縦席にからだを滑りこませ、ハッチを閉め、中くらいの速度で西の山をめざして飛んだ。オートパイロットは切り、障害物への注意をうながす探知機の表示に注意をはらった。

どの方角に向かえばいいのか確信はなかった。カリドゥラでわずかに知りえたのは、スカウティとブレザーが、賞金稼ぎの者たちによって防衛隊にひきわたされる前に、逃亡したということだった。兄弟団が解放したのでなければ、せいぜい、ライヴァルの賞金稼ぎグループのしわざとしか考えられない。だが、その場合は、ベッチデ人ふたりが防衛隊にひきわたされたことが、とっくに噂になっているはずだ。とすると、やはり兄弟団か？　ふたりが逃亡したさいに死者が出たという。サーフォは不快感におそわれた。兄弟団のしわざだろうか？　そのメンバーは、自分たちに接触してくる者たちの自由を、殺人をおかしてもいいほど重視しているのか？

サーフォの思いは混乱していた。ブレザーとスカウティが兄弟団にいてぶじだとすると、できるだけ早くウナデルンまで行くのが、もっとも筋が通っている。だが、これ以上、無実の者が損害をこうむらないうちに、誤りの悲劇に早く終止符を打たずにはいられなかった。じっくり考えたすえ、カリドゥラにもどり、防衛隊に出頭する決意をほぼかためた。

ぴー、ぴー、ぴー……

探知機の緊迫した音に、サーフォは一挙に現実にひきもどされた。淡いグレイの光点ふたつが、探知機の円形スクリーン上を動いている。ひとつはななめ右から、もうひとつはななめ左から、画面中央に向かって。

追跡者だ！

こちらをはさみ撃ちしようとして……

＊

立体地図によれば、八百メートル先にちいさな林がある。サーフォはそれをめざして進んでいった。追跡者の正体について、長く頭を悩ませる必要はなかった。これほどの高速が出せるのは、防衛隊の高性能グライダーしかない。サーフォが通信誘導からはずれたコースをとったために気づかれてしまったのだろう。この夜は、ふつうのやり方と異なるものは、すべて疑いの対象となっていた。

サーフォにのこされた唯一のチャンスは、追跡者の過度な熱心さにあった。かれはグライダーの速度を半分に落としたあと、林に突進し、すさまじい音をたてて木々をなぎたおした。ハッチを開き、おや指ほどの太さの青白いエネルギー・ビームを、闇に向かって発射。炎が燃えあがり、林は炎上した。完璧な防御ではないが、それでも熱が追跡者の探知機を明滅させ、こちらのグライダーのリフレックスを認識しにくくするだろう。サーフォはグライダーを回頭させた。目の前には炎があがり、壁となっている。減速もせず突進してくるグリーンの光点ふたつをじっと見つめ、最適な瞬間を見積もった。操縦桿《そうじゅうかん》を持つ手がこわばり、前に持っていかれそうになる。揺れ動く炎をいっきにこえ、暗い夜空に飛びたったときには、機体に衝撃がはしった。

自身のトリックのせいで面倒なことになった。小型探知機が明滅している。だが、これは予測できたことで、準備もしていた。グライダーを左にかたむける。追跡中の一機のリフレックスが探知スクリーンのなかで移動し、まっすぐ中心に近づいてきた。サーフォは歯を食いしばった。かれはマシンと化していた。その動きは機械的ですばやい。全感覚が消え失せていた。反応が十分の一秒でも遅いと、すべては終わりだ。

投光器、オン！　光の輪が闇を刺しとおした。相手機の輝く輪郭が暗闇にいきなりあらわれ、視界を満たした。サーフォは右に鋭く向きを変えた。相手グライダーは、間一髪のところで衝突しそうになった勢いのせいで、制御不能になった。サーフォの目は探知スクリーンにひきよせられた。すこし緊張がゆるんで、かれはにやりと笑った。光点ふたつのうちのひとつが、ちいさな画面上で混乱した円軌道を描いていた。サーフォの操縦が防衛隊員に恐怖をあたえたのだ。隊員は命びろいしたことを、おそらく、いまだにはっきりとは信じていないだろう。

二機めはコースを変え、ふたたび制御をとりもどした同僚のグライダーに近づいていった。サーフォは投光器のスイッチを切った。最後のフル出力を要求すると、エンジンはうなりをあげた。前方に、幅ひろい幹線道路のオレンジ色の帯が近づいてきた。サーフォは高度二百メートルをたもち、そこを飛びこえていった。左のほうで、居住地カリドゥラの明かりがほのかに光っていた。

背後では、追跡者たちが平静をとりもどしていた。二機は最高速で動いていた。サーフォに追いつくまで、そう時間はかからないだろう。だが、サーフォは平気だった。カリドゥラまではすぐだから。それより、かれを悩ませているのは、北と南から急速に近づいてくる複数の光点だ。

包囲戦がはじまっていた。

＊

サーフォのグライダーは低く長くのびた建物群へと突進していった。あたりは人けがなく、どうやら工場のようだ。追っ手は接近しつつあった。遠くにある明かりの下を、大型グライダーがくぐりぬけるのが見えた。もし、かれらが攻撃を開始しようと思いついたら、サーフォは重大な危機に瀕することになる。

サーフォはグライダーを塀の向こうのひろい中庭へと操縦していった。速度を歩く速さの倍ほどまで落とし、ハッチを開ける。跳びおりる直前に、操縦桿を前方に押した。エンジンがうなりをあげたが、サーフォはすでに機からはなれていた。地面にはげしく着地し、一回転すると、片足をひきずりながら、ふたたび立ちあがった。そのすぐそばを防衛隊のグライダー一機が飛んでいったが、こちらにはなんの注意もはらわなかった。かれの策略は当面は成功した。防衛隊のグライダーは、無人のグライダーを追っていった。かれらが、誤った手がかりへと誘導されたことに気づくまでに、二、三分は経過するだろう。無人グライダーは川に向かって進んでいった。居住地に墜落する心配はない。

サーフォは中庭の奥の境をなしている長くのびた建物に向かった。窓は暗かった。びっしりならびあったドアを見つけたが、どれも開かない。左に向きを変え、中庭をかこむ塀の上にのぼった。目の前に町があった。右のほう、建物の向こう側をトルスティル川がゆっくりと流れている。かれは空を見あげた。星は消えていた。東の山の上空に稲妻がはしった。塀の外には幅ひろい車道があり、その向こうにはたくさんの暗い建物がならんでいた。明かりのともっている家まで、車道にそって五百メートルはある。

円錐形の光が闇をつらぬいた。光は壁の上端部を滑るように動いた。サーフォは思わずののしり声をあげて、塀から跳びおり、車道に着地した。不意打ちを食わされた！

グライダーが接近してくる音は聞こえなかった。グライダーが低いエンジン音を響かせながら工場の中庭を横切っていくと、塀の影がちいさくなる。防衛隊員が自分に気づかずに飛んでいくのを待つべきか、それとも、かくれ場を探すべきか？　サーフォは直感的に決心すると、塀の影から勢いよく跳びだし、車道をいっきにわたった。

投光器の円錐形の光が地面に描くどぎつい楕円形が、うしろから踊るように追ってくる。サーフォは肩ごしに目をやり、光が近づいてくるのを見た。踊る光のなかを走る。すでに見つかっただろうか？　わきに身を投げ、地面に倒れた。不格好で黒ずんだ物体と化して、一秒のあいだ、身動きせずうずくまる。楕円形はかれを通りすぎていった。サーフォはまぶしさに目を閉じた。そのあと、立ちあがって走りつづけた。目の前に建物の壁がそびえている。その横を走り、川がある側のつきあたりまできた。助かった！　すくなくとも、いまのところは……

投光器の光は踊りつつ、もときた道をもどっていった。あたりを探るように動いたあと、三十秒前にとらえた不格好な物体を探す。それは消えていた。円錐形の光は横に向きを変え、さっきまでサーフォがうずくまっていた塀のかくれ場に、さっと動いた。サーフォには一刻の猶予もなかった。防衛隊が迷っているあいだに、逃げなければならない。いまやかれらは、自分がここにいることを知っている。だが、どの方角に移動したかまでは、まだつかんでいないだろう。

＊

防衛隊は非常招集をかけていた。暗い空には警察グライダーがうようよし、投光器が地面のすみずみまで照らしだした。多くのグライダーは着陸し、防衛隊員たちはいつでも飛べる態勢にあった。逃亡者がどこで目撃されたか、その手がかりを待つばかりだ。

サーフォはわずかのあいだ、垣根のかげで休んでいた。安全を確保するために五千タリを使ったが、いまはふりだしにもどった。これほどみじめに感じていなければ、笑いたいところだった。力がぬけていく。二十時間のあいだ、エングフェルンの休憩所から持ってきた食べ物のほか、なにも食べていない。これ以上遠くには行けそうもなかった。

塀の上から眺めた家までは、まだ二百メートルあった。かれは並木と花咲く灌木によって分離されている二車線のひろい道路のそばに立っていた。そこなら身をかくすことができる。目的の家まで、気づかれずに進んでいければ、防衛隊の包囲網から逃れるチャンスはある。

かれは垣根のうしろで中腰になり、投光器の動きを調べた。不規則に動いているようだ。ぎらぎらした円錐形の光が、次の瞬間、どの方向に変わるのか、予見するのは不可能だった。サーフォは多くの光が西に向かって動いているように見えるときまで待って、駆けだした。

距離のなかばまで走ったとき、最初の雨粒が顔にあたった。遠くで稲妻が光り、数秒後、雷鳴が低くとどろいた。雨がしだいに強まってきた。よし、と、かれは思った。

突然、円錐形の光に横からつつまれ、世界が消えた。あるのはただ、長さ三メートル、幅二メートルの、信じられないほど明るい光だけだ。その範囲のなかで動いていて、そこから出られない。家の灯はもう見えず、痛いほどの、耐えられない明るさしか見えなかった。サーフォは目を細め、つまずき、倒れ、ふたたび立ちあがろうとした……

直感的に、投光器がこちらを見失ったのを感じた。円錐形の光が揺れる。だれもサーフォが倒れるとは予想しなかったのだ。かれはわきに身を投げ、もどってきた光から、まさにタイミングよく逃れることができた。威嚇するような大声が闇にこだまし、雨音を圧倒した。重い足どりが水をはねる音が聞こえた。かれらは全方向から向かってきた。凹凸《おうとつ》にあやうくバランスを失うところだった。これで二度めだ。サーフォは前のめりによろめき、瘤《こぶ》のある木にはげしくぶつかった。道路まできていたらしく、目の前に並木がのびていた。土砂降《どしゃぶ》りの雨を通して、はるか向こうに街灯がひっそりと鈍く輝いているのが見えた。稲妻が光り、とどろく雷鳴が空気を満たした。

サーフォは木から木へとかすめるように動いた。捕まりたくないという願いのみに支えられ、最後の力を振りしぼった。繁茂した灌木をかきわけ、ととのえられた花壇を踏みあらす。聞こえていた声が、しだいに遠くなるのを感じた。

ひと息いれようと、木の幹にもたれかかった。心臓がどきどきし、脚が震え、雨に流された汗が目に流れこんでしみた。グライダーのエンジン音に、かれは朦朧《もうろう》状態から、はっと、われに返った。―グライダーが、すぐそばの、町に向かってのびる車道にあった。ハッチは開いていて、機内は真っ暗だった。

「友よ、立っているのもままならないようだな」暗闇から声が響いてきた。「乗るんだ。きみが休息できるところへ連れていこう」

この声。どこで聞いた声だろう？　サーフォは用心しながらグライダーに近づいた。銃を手にとろうという考えは、まるで念頭になかった。疲労の極みに達して、戦闘意欲もくじけていた。この瞬間、防衛隊のグライダーでもいいから、乗りこみたかった。

よろめくようにハッチからはいり、やわらかいクッションに身を沈めた。新品らしいにおいがした。ハッチは低い音をたてて閉まり、雨音も雷鳴も聞こえなくなった。グライダーは動きだした。投光器がきらめく雨の糸を通して車道を照らしだしている。

サーフォは居ずまいを正した。隣りにすわっているのは、姿かたちから見てクラン人だ。がっしりした腕を前にのばし、弱い内部照明のスイッチをいれている。

サーフォは目を大きく見開いた。信じられなかった。

「ステルム……」言葉を押しだすようにいった。

クラン人の角ばった顔に、明るい笑みがひろがった。

「では、まだおぼえていたんだな」ステルムはいった。「きみを助けられてよかった。ミット＝スウィング」

9

スカウティとブレザー・ファドンは食事をすすめられた。ヴァーセルの小屋で簡素な昼食をとってから長い時間がたっていた。だが、ふたりとも空腹ではなかった。ヴァーセルが出してくれたどの食べ物とくらべても上等な食事だったが、手をつけなかった。

「つまり、これが兄弟団なんだ」ブレザーはいうと、トレイを向こうに押しやった。

スカウティはあたりを見まわした。クラン人たちは部屋にはいなかった。かれらは忙しかった。その忙しさは、サーフォ・マラガンの現在位置を見つけることと、なにかしら関係があった。

「本心を洗いざらい打ちあけるのは、慎重にしてね」スカウティはキルクール語でいった。「もしかして、ここには盗聴器があるかもしれないから」

ブレザーは無視するように手を動かした。

「本心というより」かれは低くうなった。「わたしが兄弟団を違ったふうに想像していただけのことさ。外のどこかにプロドハイマー＝フェンケン二体の死体が横たわっていた。どういうことだ？」

　スカウティはすこしずつ、食べ物を口に運んだ。

「たぶん、あなたもわたしも、なにも理解していないのよ。スプーディを一匹しか保持していないことを考えてよ」

「本気でいっているんじゃないよね？」ブレザーは彼女を、じっと見つめた。

「違うわ」スカウティはかぶりを振った。「ただ、もう一度もとにもどって、解放されるか防衛隊にひきわたされるか、どちらかを選べといわれたら、そのときは……」

　ドアが開いた。バンダルがはいってきた。

「サーフォ・マラガンが危険だよ」彼女は硬い声で説明した。「防衛隊はかれを追いたてにかかった。すぐに出発して、救出しなければ」

「どこへ……」ブレザーが立ちあがって、いいかけた。

「あんたたちはいい」バンダルはさえぎった。「ここにいるんだ。われわれにとって、あんたたちは……」

　バンダルは終わりまでいわなかった。スカウティは皿を押しやった。

「じゃまなだけなのね？」スカウティはきいた。

「好きなように解釈すればいい」バンダルは燃えるような目でスカウティを見つめた。

「あんたたちは単一保持者だ。出撃には勇気と意志の強さと決定力が要求される。それに、危険でもある」

「あなたたちは、これまでにわたしが出会ったなかで、もっともおろかな反乱者集団だわ」スカウティはしずかにいった。「あなたたちがサーフォを救出しようとしても、かれが気を許すはずはないでしょう？　あなたたちはかれを追っている者たちと同じクラン人よ。それに、あなたたちのダブル・スプーディをかれに見せて兄弟団であることをわからせるのは、すぐにできることではないわ」

バンダルはどうしたものかと思ったようだ。ドアのほうを向き、ケルシルを呼んだ。長身のクラン人は、すぐにやってきた。

「ベッチデ人たちが懸念をいだいている」バンダルはいった。

ケルシルはスカウティの異議に耳をかたむけた。

「一考に値いする」かれはいった。「いっしょにくるがいい。銃が必要か？」

「賞金稼ぎの連中に、価値あるものをみんな奪われたわ」スカウティはいった。

ケルシルはバンダルのほうを向いた。

「それぞれにブラスターをわたせ」

「わたしはショック銃のほうがいいわ」スカウティは手をあげて、きっぱりといった。

「あるいは、銃を持たないか」

「わたしも同じだ」ブレザーは意思表示した。

ケルシルはふたりを奇妙な目で見つめた。バンダルは勝気な、見くだしたような微笑を浮かべた。

「好きにするがいい……銃なしで」ケルシルはいった。

＊

きたときと同じグライダーだった。防衛隊のシンボルは剝がされていた。ケルシルが操縦し、隣りにバンダルがすわった。二列めにはフモントとヤルスが席につき、スカウティとブレザーは貨物スペースで、なるべく、くつろぐようにした。

通信装置はひっきりなしに作動した。カリドゥラから情報がはいり、サーフォ・マラガンが突然に姿を消し、どうやら防衛隊による追いこみの場にあらわれたグライダーに連れさられたらしいとのこと。ケルシルがそれに答えるのを、スカウティは聞いた。

「そのやり方にはなじみがあるように思う。出撃地点一を探してみよ」

「すでに偵察機二機が向かっている」受信機から声が答えた。

スカウティは考えこんだ。自分たちを解放したときの兄弟団の情け容赦ない介入には、愕然とした。バンダルの横柄な言動も気にさわった。だが、自分はいま、クラン人四人と同じグライダーに乗っている。そのクラン人たちは、カリドゥラの防衛隊支部ぜんぶを相手に、一歩もひかないつもりらしい。グライダーに乗っている者たちのあいだで、ほとんど会話はかわされなかった。雰囲気は真剣で、決然とし、自信に満ちていた。兄弟団の情報網は、驚くべき精密さだった。スカウティは、サーフォ・マラガンの現在位置について、防衛隊がケルシル以上の情報をつかんでいるだろうかと疑問に思った。この者たちは傍若無人《ぼうじゃくぶじん》かもしれないが、その言動は確実で信用がおけて、疑う余地のない優越性をあらわしていた。まるで、〝ふつうの〟者たちの法律にわずらわされる必要のない、一段高い秩序のもとにある生物のようだった。その行動はうぬぼれとは無関係だった。かれらの優越性は、あたりまえのこと、自明のことなのだ。スカウティは心ならずも、強い印象をうけた。

ケルシルは橋をこえ、川の東岸に向かって操縦していった。ひっそりとした暗い道路の上でグライダーは浮遊し、中くらいの速度で川の上流に向かった。遠くにふたつめの橋が見えた。通信装置の作動がすくなくなってきた。どうやら、偵察機はサーフォ・マラガンの居場所を見つけたようだ。いまは、どうやって適切な処置をとるかのみが問題らしい。ケルシルの指示と回答は短く、言葉すくなだった。スカウティもブレザーもなにが起きているのか、くわしくはわからなかった。ただ、これだけははっきりしていた。この作戦が危険だということだ。サーフォはひとりではない。兄弟団はかれを、まわりにいる者たちから暴力的に解放する手筈をととのえていた。

「かれはどこにかくれているの？　そばにいるのは何者？」スカウティは不安げにきい

た。

「いまは話をするな」バンダルは氷のように冷たい声で叱った。

＊

グライダーはふたつめの橋をこえ、ふたたび、トルスティル川の右岸までやってきた。スカウティの目にひろびろとした、明るく照らされた広場が見えた。その南西には大きな高層の建物が境をなしている。広場では、おもにプロドハイマー＝フェンケンからなるグループが熱心に議論していた。不穏な夜だった。

ケルシルは左のせまく暗い道にグライダーを向けた。そのあと、何度かすばやい方向転換があり、スカウティもブレザーもひどく混乱した。だがスカウティは、グライダーがじりじりと広場と建物の近くへと動いているように感じた。

最終的にケルシルは、一軒の暗い家の奥にある、雑草の繁茂した中庭にグライダーをとめた。無言のままだった。クラン人たちは身動きせずに暗闇をじっと見つめた。合図か通信か、なにかを待っていた。それがなんなのか、スカウティにはわからなかった。質問したくてたまらなかったが、バンダルの冷たい叱責をまだ忘れていなかった。生まれてはじめて、他者への憎しみのようなものを感じた。

「偵察機一号」不意にケルシルがいった。

「一号だ」受信機から聞こえてきた。「動きを確認した」

「かれらは出てくるのか?」

「いや、まだだ」短い中断があったのち、「家のなかで動きがある。シグナルが弱まった。しだいに遠ざかっていく……」

「インパルス分析を」ケルシルは命じた。「同じ平面で動いているかどうか確認せよ」

偵察機一号は、すぐには答えなかった。

「いや」結局、かれはそういった。「下降した。次に、まっすぐ……北東に向かった。シグナルはもうとらえられない。受信範囲をはずれたから」

地図映像が光り、グライダーの内部に薄明るさがひろがった。ケルシルは前にかがみこんだ。その指は映像の輪郭をなぞっている。スカウティは広場の輪郭と、そこから遠くない場所にけばけばしい赤で記された〝一〟の文字を、はっきりと見た。出撃地点一か、偵察機一号の現在位置か、そのいずれかを意味しているのだろう。

「わかった」ケルシルはいった。「秘密の連絡通廊があるにちがいない。事態はいよいよ、まずいことになってきた。進撃だ、偵察機一号。注意をおこたるな。増員が必要になるかもしれない」

「万事、了解した」偵察機一号は答えた。

＊

ケルシルの案内で、かれらは暗い家をぬけていった。空気は腐敗物と黴《かび》とごみの臭気で、むっとするようだ。ヤルスは小型の手さげランプを持っており、その光をときどき、ひらめかせた。闇のなかから壊れた家具の輪郭が浮かびあがってきた。家の正面ドアを出ると道路があって、道路の反対側には、大きい門のついた塀の向こうに前庭があった。

ケルシルは右の前腕につけた小型通信機を口のそばに持っていった。

「偵察機一号、新しい情報は？」

「ない。静寂そのものだ」声がスカウティの耳に聞こえた。

一行は道路をわたった。バンダルとフモントは発射準備のできたブラスターを携えていた。いま、かれらに遭遇する者がいたら大変だ！　スカウティは身を震わせた。もし不幸な偶然で、罪のない歩行者がここを通りかかったら……

ケルシルは門の錠を開けた。せまいが、長くのびた前庭にきた。そこにグライダーが一機、とまっていた。ヤルスはそれを調べにいく。

「無人だ」もどってきたかれは報告した。

門が背後で閉まった。スカウティはほっと息をついた。もし歩行者がいても、もうなにも恐れることはない。ケルシルは家のドアの鍵を調べて、

「警報装置だ」と、つぶやいた。

フモントが進みでた。かれは手にしたちいさい箱形機械のスイッチをいくつか動かした。ちいさな色とりどりのランプが輝き、最後に箱はぴーっと音をたてた。ドアが横にスライドして開く。警報装置は無効化された。一連の動作に二分以上はかからなかった。

「用心しろ」ケルシルは暗い通廊を進んでいく全員にいった。「やつは信用できない」

「そのすぐ近くだ」通信機から報告がはいり、偵察機一号のくぐもった声が響いた。

「もうすこし右」

ヤルスのランプがドアの輪郭を照らした。鍵はかかっておらず、なんなく開けることができた。ドアの奥には居心地よさそうな部屋があった。クラン人好みの低いテーブルとクッションが置かれ、天井までの高さは四メートル以上あった。奥の短いほうの壁には、幅がせまく丈の高い箱があり、その中央には鏡面ガラスのプレート上に、色とりどりの光が複雑なリズムでまたたいていた。スカウティは箱の機能にすぐ気づいた。数週間前、第八艦隊ネストでクラン人の文化になじみかけてきたころに、これに似たものの絵を見たことがあった。この箱は古風なクラン時計だった。彼女はまたたく光の読みとり方を理解していた。これはつまり、時間と星座と潮の満干などをしめしているのだ。

「やつはいい趣味をしている。それは認めてもいい」ケルシルは辛辣《しんらつ》な口調でいった。

スカウティは〝やつ〟というのがだれをさしているのか、わからなかった。だが、それがサーフォ・マラガンではなさそうなので、ほっとした。

「秘密の通廊はどこだ？」バンダルがきいた。「まさか、時計の裏じゃあるまいな？」

「いや、やつはそんなに単純ではない。おまけに、この壁は見せかけだ」ケルシルは陰気に笑うと、右腕をあげ、通信機に向かって、いった。「わたしの足どりを追え」

「了解」偵察機一号は答えた。「ほかの者はじっとしているように」

ケルシルはゆっくりと、ドアと反対側の長い壁ぞいに進んでいった。

「とまれ！」突然、偵察機一号がいった。

ヤルスもくわわった。かれはふたたび、小型の箱形機械を持っていた。機械は甲高い音をたて、光が点滅する。

「かんたんではないな」ヤルスはつぶやいた。今回はほぼ五分かかった。突然、壁の一部が横にスライドし、せまく暗い通廊があらわれた。スカウティは兄弟団が使いこなしている技術には疎《うと》かったが、〝ふつうの〟クラン人が持たない手段を意のままにできることがわかり、しぶしぶながらも、かれらに敬意をいだいた。

かくしドアの向こうに、下へとつづく斜路があった。ブラスターを持ったケルシルは、用心深くおりていった。

「その道でまちがいない」偵察機一号が報告した。

「よし」ケルシルはいう。「今後は、連絡不要だ」

通廊は幅一メートル半ほど……あまりにもせまく、肩幅のひろいクラン人は横向きに動かなければならない……だが、高さは三メートルあった。斜路の長さから推して、地下に通じているとスカウティは思った。三十歩数えると、さらにもうひとつの斜路があり、上に向かっていた。ヤルスのランプから光がひらめき、斜路の最上部の奥にあるドアをとらえた。ケルシルは上に向かって歩いていった。ヤルスとバンダルがつづき、それからスカウティとブレザー、しんがりはフモントだ。

ドアまでくると、スカウティは、複数の声による不明瞭なざわめきを聞いた。ケルシルは二、三秒、耳を澄ませたあと、小声でいった。

「四、五人いるようだ。それほど悪い状況ではない。準備はいいか？」

「準備よし」バンダルがきっぱりと、答えた。

10

グライダーの内部は心地よい涼しさに満たされていた。サーフォ・マラガンは、緊張をほぐしたい、肉体の苦痛に安らぎをあたえたい、眠りたいという欲求を感じた。だが、好奇心が去ろうとしなかった。

「なぜ、わたしを助けた？」サーフォはきいた。「あとを追っていたのか？」

「われわれには共通点がたくさんあるからだ」ステルムは最初の質問にだけ答えた。

「わたしは、きみと同じように一匹狼だ。カリドゥラの防衛隊がすべてのアイ人突然変異体を捕まえて尋問すると聞いたとき、きみのことが思いうかんだ。適切なときに適切な場所に居あわせたことは、むしろ、偶然だといってもいい」

「わたしを、どこに連れていくのだ？」と、サーフォ。

「休息できる場所へ。きみには休息が必要じゃないのか？」

サーフォはほとんど居眠りせんばかりだったが、気をとりなおした。疲労のあまり、不注意になっていた。アイ人は居眠りしないものだ。言葉の面でも、いいかげんになっていた。短く訥々《とつとつ》とした言葉を使い、顎袋でのだみ声をまねるかわりに、流暢《りゅうちょう》にクランドホル語を話していた。

「ああ。休息したい」サーフォはいった。

ステルムは居住地の郊外をぬける複雑なコースをとった。サーフォは疲れていたので、方向に注意をはらっていなかった。二、三度、前または横で、トルスティル川の水がきらめいているのが見えた。とうとう、数秒、居眠りをせずにはいられなくなった。目をさましたのは、グライダーがしずかにとまったときだ。せまい前庭に着陸していた。

ステルムはサーフォを家のなかに案内した。調度品から裕福さがうかがえた。ロビーのような場所が、家をふたつの部分にわけていた。ステルムは左側のドアを開けた。近代的な設備のクランふう食事室で、自動供給装置をそなえていた。ステルムは大きい楕円形テーブルの前のクッションをさししめし、くつろぐようにといった。

「きみの胃袋がどんな状態なのか、想像がつく」かれはいった。「精も根もつきはてているのに、神経がはりつめて飢えを感じないのだ。スパイスのきいた食事を少量と、元気が出る飲み物をすすめたい。そのあとのほうが、よく休息できる」

「そうしよう」サーフォはだみ声でいった。

ステルムが約束のものを用意するのに、二、三分しかかからなかった。食事はぴりっと辛いあぶり肉にスパイスのきいたソースをかけたもの。飲み物はクラン産のスパークリングワインで、シャーベット状になるほど冷えていた。ステルムはサーフォの前腕ほども長さのあるクラン式ナイフとフォークをさしだした。サーフォは手をのばし……硬直した。

ステルムの大きな黒い目が、親しげな、からかうような光を帯びた。

「もうこれ以上、秘密をかくさなくてもいい、わが友よ。五本指を見なかったとしても、きみが本当はアイ人突然変異体でないことは、わかっただろう。コートを見てみるがいい。最近の冒険をうまく切りぬけられなかったな。訓練を積んでいない者でも、その下の公国艦隊の制服に気づくだろう。それに、なぜ明滅信号をやめてしまったのだ？　エングフェルンでわたしと話をしたときは、まだ明滅させていたのに」

サーフォは先端がふたつにわかれた大きなフォークを置いた。いまは完全に壊れて東の山麓《さんろく》のどこかに転がっているグライダーを、ターツから五千タリで買いとったときのことを思った。あのターツにも正体を見ぬかれた。マスクをつけるには熟練が必要だが、疲労は熟練の敵だ。かれはまるで、疲労のあまり腕をおろし、無防備な顔を標的として相手にさしだしたボクサーのようだった。

「どうすればいい？」ステルムを見あげたサーフォは、疲れきって、きいた。

「マスクをはずして、きみらしく食べればいい」ステルムはいった。

＊

そのあと、ふたりはべつの部屋におちついた。居心地のいい家具調度だった。ひとつの壁ぎわに古風なクラン式の明滅時計が立っていた。その絶え間ない光の戯《たわむ》れにサーフォは魅了された。鏡面ガラスをじっと見つめるうちに、催眠状態におちいった。

「きみは艦隊から脱走した」向かい側でやわらかいクッションにからだを沈めているステルムはいった。「公爵たちに仕えることを拒否するのか？」

この問いにサーフォは驚いた。一瞬、考えたのち、ベッチデ人の習慣でかぶりを振る。

「拒否はしない」かれは答えた。「わたしと友は、公爵もクラン人も敵だとみなしていない。新入りとして艦隊に採用されたさいにはきかれなかったが、きかれたとしても、反抗的なことを主張したとは思えない。ただ……」

サーフォはためらったのちに、話しはじめた。キルクールのこと、クロード・セント・ヴェインのこと、狩人たちのこと、〝船の住人〟のこと、先祖の宇宙船のこと、そして、王の花の惑星で見つけた残骸のこと。

「つまり、われわれは公爵たちへの義務のほかに、自分たち自身の使命も帯びている」サーフォは締めくくった。「《ソル》とその乗員がどういう運命をたどったかを見つけだすのが、われわれの使命なのだ。その答えをあたえてくれるかもしれないのは、クランドホルの賢人だ。答えがわかったら、それをキルクールに持ち帰り、同胞たちにわれわれの体験を報告しなければならない。もはや《ソル》の帰還を待つ意味はない、と。キルクールこそが自分たちの世界であり、それで満足しなければならない、と」

サーフォは切々と話した。疲労は消えていた。自分を心の底からつきうごかしているもののことを話すうちに、かくれていた力に活気づけられたのだ。ステルムは注意深く耳をかたむけ、いっさい口をはさまなかった。かれはいった。

「きみの目標に何歩か近づけるように、手を貸せるかもしれない。わたしは公国に多少の影響力があるのだ。このあと、きみを休息できる場所へ連れていこう。これから見聞きすることに、どうか驚かないでほしい」

その言葉はサーフォの心を奇妙に動かした。ステルムが壁に歩みより、そこでなにかしはじめたとき、サーフォは注意深く見つめていた。壁の一部がスライドして開き、天井の高い通廊があらわれた。斜路が数メートル下に通じていた。ステルムは先に立った。かくしドアがうしろで閉まると、見とおしのきかない闇がせまい通廊を満たした。サーフォはステルムの足音にしたがった。しばらくすると、通廊はふたたびのぼりになった。弱い照明がほのかに光っている。ドアが見えた。ステルムがドア枠に手をあてると、ドアはなめらかに開いた。サーフォはなかば目をくらませながら、明るく照らされたひろい部屋を見やった。青い制服を着用した背の高いクラン人三人が、ステルムがはいってくるのを見て、一様に、うやうやしい態度をとった。

サーフォは身をこわばらせた。ドアがうしろで閉まる。かれはステルムのほうを向き、

「防衛隊……」と、あえいだ。

ステルムは肯定の身振りをした。

「そうだ。ここは防衛隊の宿舎だ」

ポケットのなかでゴムのマスクを握っていたサーフォの手が痙攣《けいれん》した。

「あなたは……ステルムなのか？」

「若いころはそう呼ばれていた」まじめな答えが返ってきた。「現在は、バルクハーデンという名で知られている」

＊

「最初から、わたしのあとを追っていたのだな」サーフォは陰気にいった。

ふたりは執務室わきの、天井の高いちいさな部屋にすわっていた。ドアは開いていた。防衛隊員はアイ人突然変異体の追跡すべてを中止するべく、忙しくしていた。バルクハーデンの命令だった。

「わたしは、きみたちがグルダにあらわれたことを策略だとみなしていた」バルクハーデンはいった。「きみたちはわれわれに、宇宙港が目的地で、懺悔僧《ざんげそう》のマントにまさる

変装はないと信じさせようとした。同じころ、ネリドゥウルの家が謎の火災にあったあと、彫刻家が姿を消した。偶然が多すぎる。きみたちは、われわれの注意を北に向けようとしたが、おそらく南に向かったのだろうと考えた。グルダとウナデルンのあいだの幹線道路ぞいを調べているとき、きみに出会った。マスクはよくできていたが、あの午後、きみが道路建設部隊を技術面で助けたことがわかった。アイ人にはそんなことはできない。わたしは、きみから目をはなすまいと決心した。ここ数日のあいだに起きた出来ごとを知るにつけ、確信は強まった。きょうの夕方、作業場の持ち主のところに風変わりな訪問客があったと、情報提供者から聞いた。その直後、警報が出された。西の山麓で、明らかに人目につきたくないと思っていたらしい者が、あわや防衛隊のグライダーにぶつかるところだったからだ。わたしは、それらの出来ごとのつじつまをあわせようとした。防衛隊の情報網が役にたった。適切なときに適切な場所に居あわせれば、きみを捕まえることは可能だと、ある程度の自信を持った」

「その言葉は、前にも聞いた」サーフォはうなずき、ため息をついた。「ケリヤンでは、あなたは噂の的だ。公爵たちのハンターは尊敬されている。わたしは、あなたに注意しようと気を配った。だが、大きい困難にあうとは予想していなかった。わたしはスプーディを二匹保持している。自分のすぐれた思考力に自信を持ちすぎていたのだろう」

バルクハーデンはほほえんで、サーフォの目の高さに頭がくるように、前かがみになった。かれは褐色の、豊かなたてがみを両手で分けた。

「ここを見てみるといい」かれはいった。

サーフォは切開痕と色の変わった頭蓋の皮膚を見た。ふつうのクラン人のそれとくらべて、はるかに大きかった。

「あなたも……」サーフォは言葉を押しだすように、いった。

「わたしも二重保持者だ」バルクハーデンは答えた。

「公爵たちのハンターは法の埒外《らちがい》にあるのか！」

「ハンターは法に〝仕えて〟いる。流動的であることが必要なのだ。法の個々の決まりに抵触することは許されている。全体として法の義務を忘れていないかぎりは」バルクハーデンは、これまでサーフォが見たこともないほど真剣そのものの顔で、「きみと友ふたりは、兄弟団を探しているのか？」

「兄弟団は、この状況でわれわれが助けを期待できる唯一の組織なのだ」サーフォは弁解した。

「兄弟団は悪質だ！」ハンターは文字どおり、言葉を吐きだした。「賢人を見くびり、公爵たちに宣戦布告した。兄弟団は現在の秩序の破壊を狙っている。成功すれば、無秩序と混沌が生みだされるだろう」

バルクハーデンは低いデスクの上で、ちいさい筆記用具をもてあそんだ。

「きみはもう兄弟団を必要としていない」かれはいった。「友ふたりが見つかりしだい、クラン行きの面倒を見よう」かれは不意にほほえんだ。「クランドホルの賢人がきみと友に強い興味を持つのが、目に見えるようだ」

サーフォは驚いたように相手を見つめた。質問するひまもなかった。バルクハーデンが、あとをつづけたからだ。

「ほかになにかすることは？　あれこれの問題はかたづいたのか？」

「スポットロス」サーフォの口から、思わず洩れた。「ほんもののアイ人突然変異体だ。夕方早い時刻に逮捕されて、ここに連行された。かれは……」

「無罪だ」ハンターはさえぎった。「わかっている。かれはすこし前に釈放され、逮捕された場所にもどされた。激昂したプロドハイマー＝フェンケンたちは、なんの手出しもできない」

サーフォはほっとした。

建物が大爆発の轟音で震動したのは、そのときだった。

＊

サーフォはわきに投げだされた。壁にはげしくぶつかり、ふらつきながら、なかば朦朧として、ふたたび立ちあがった。埃と大量の煙が視野を満たし、背後では炎があがっている。負傷者たちのうめき声や、煙霧のなかをすばやく移動する足音がした。

バルクハーデンのからだはデスクの下になかば埋もれていた。制服はモルタルで白くなり、顔は苦痛にゆがんでいた。苦労して、障害物の下から出ようとしている。その手には銃身の短いショック銃が握られていた。

「兄弟団だ」バルクハーデンは怒りに燃えて、うなった。「身を守れ、ベッチデ人！」

ブラスターのうなりが聞こえた。どぎつい白のビームが煙霧を貫く。クラン人ひとりが叫び声をあげた。長身の人影がもうもうたる煙のなかからあらわれ、ブラスターから二発めが発射された。バルクハーデンはくずおれた。胸に醜い火傷《やけど》ができている。かれはもう発砲することができなかった。

「きみは……」クラン人は声をはりあげた。

小柄な人影がサーフォの近くにやってきた。

「スカウティ！」サーフォは息をぜいぜいさせながら、その名を口に出した。口じゅう、埃だらけだった。だれかがかれの肩をつかみ、バルクハーデンといっしょにいた部屋の瓦礫《がれき》のなかを、荒っぽくひっぱっていった。サーフォはうしろに目をやった。バルクハーデンは弱々しく動いていた。死んではいない！

荒っぽく肩をつかんでいた手がゆるんだ。突然、スカウティとブレザー・ファドンがそばにあらわれた。サーフォは床に転がっている動かないからだにつまずき、防衛隊員たちの埃にまみれた青い制服を見やった。死者のひとりはいまだにショック銃を手に持っていた。指を引き金にかけたまま。

せまいドア、下に向かう斜路。前に通った場所だ。空気はしだいに澄んできて、呼吸が楽になった。クラン人の声が、せまい通廊で奇妙に反響しながら、とどろいた。

「急げ！　遅くとも二分後には、かれらの援軍がくる」

明るくなってきた。サーフォは明滅時計の部屋をふたたび通り、建物をななめに横切って中庭をぬけ、門を出て道路の反対側まできた。またも暗闇のなかにはいる。腐敗物と黴の臭気に満ちた家だった。サーフォの喉から数えきれないほどの問いが出かかったが、ひとつとして口に出す時間がなかった。どこかでサイレンのうなりが聞こえる。サーフォの頭にはさまざまな思いが渦巻いていた。かれはグライダーに押しこまれた。グライダーは殺人的な勢いで飛びたった。最高速度に達したとき、町の灯が浮かびあがり、たがいに混じりあって光の帯となった。

スピーカーから流れてきたと思われる、すこしひずんだ声がいった。

「こちら偵察機一号、すべて順調。にせのシュプールをのこした。きみたちは安全だ」

＊

悪夢は去った。かれらはプロドハイマー＝フェンケン用のちいさな家具のある、明るく照らされた部屋にいた。湯気のあがる飲み物のはいったカップが前に置かれている。サーフォのは二杯めだった。飲み物はかれの緊張をほぐし、満足感で満たしてくれた。麻薬が混ぜてあったが、気にならなかった。

ケルシルと名のるクラン人は、親しげなまなざしでサーフォを見つめて、いった。「兄弟団は拡大していく。きみは兄弟団に所属することになる最初のベッチデ人だ」

「わたしと……友ふたりだな」サーフォは答えた。

スカウティとブレザーははなれてすわっていた。ケルシルは振り向いて、ふたりのほうを見た。

「きみと、友ふたりだ」ケルシルは確認した。「われわれは今夜ののこりの時間とあすの日中、この家ですごす。あすは日暮れとともにウナデルンに向かって出発する。サルガメクがきみたちに会うだろう」

その名を述べる声に、かすかながらも畏敬の念がこめられているのを、サーフォは聞き逃さなかった。かれはほかのクラン人三人を仔細《しさい》に観察した。ヤルス、フモント、バンダル。かれらの目も、その名を聞いて輝いていた。

「サルガメクとはだれなのだ？」サーフォはきいた。

ほんのわずかの時間、ケルシルの目つきが険しくなった。サーフォの問いを侮辱だと感じたかのようだった。

「きみがクランドホル公国について、よく知らないことを忘れていた」ケルシルはいうと、あらためて親しげな微笑を浮かべた。「サルガメクは兄弟団の団長だ。きみたちのことを知っている。きみたちがマスクなしであらわれるよう、もとめている。かれはいまだかつて、ベッチデ人に面と向かって会ったことがないのだ」

サーフォはおちつきはらって、うなずいた。

「よろこんで、マスクをはずそう」かれは答えた。

背後でスピーカーから声が聞こえてきた。

「偵察機一号よりケルシルへ。状況がはっきりした。防衛隊は北に向かって、カリドゥラとエングフェルンのあいだを捜索している。きみたちは安全だ」

「バルクハーデンについて、なにか聞いたか？」ケルシルは通信機に向かって質問した。

「重傷だ。救出されたかどうかは不明だ」

「地獄にのみこまれてしまえばいい！」ケルシルはうなった。受信機のスイッチがかすかな音とともに切れた。

「疲れきっていて、もう、前方も見えないほどだ」サーフォは二杯めをあけたあとで、いった。「どこで休息すればいいのか、教えてほしい」

ベッチデ人三人は、同じ部屋に案内された。プロドハイマー＝フェンケン用のベッドはかたづけられ、やわらかいマットが床に敷かれている。サーフォは大の字になり、頭の下で両手を組んだ。スカウティとブレザーはその前に、足を組んですわった。

「ふたりとも、過大な期待はしないほうがいい」サーフォはあくびをしながら、いった。

「わたしは一度、目を閉じたら、四十時間は目ざめないだろう」

「また、きみがもどってきて、よかった」ブレザーはいった。そういうのも、それなりの根拠があるからだ。かれはつけくわえた。「ケルシルとその仲間は、スカウティとわたしを二級の生物のようにあつかった。きみなら、敬意のはらい方をかれらに教えてやれるだろう?」

「やってみよう」サーフォはつぶやいた。

「あなたの身になにが起きたのかも、そのうち話してほしいわ」スカウティはいった。

「それなら、すぐにもはじめられる」サーフォは答えた。

だが、かれははじめなかった。スカウティとブレザーが解放されたときに殺されたプロドハイマー=フェンケン二体のことを思った。バルクハーデンのこと、かれとかわした会話のこと、爆発のこと、爆弾とブラスターで攻撃されながらもショック銃のみで身を守ろうとして死んだ防衛隊員たちのことを思った。

サーフォは自問した。自分は本当に、願っていた場所にいるのだろうか、と。

だが、しまいには思いがひとり歩きし、乱舞しはじめた。まぶたが重くなる。サーフォは目を閉じると同時に、寝いってしまった。

あとがきにかえて

小津　薫

研究者だった夫との長いドイツ暮らしのなかで最大の失敗は、車による滑落事故だった。他人や他車を巻き込んだわけではなく、わたし自身の初歩的な運転ミスによって、数メートル崖下の草むらにバウンドしながら落下したのだ。わたしたちは頭が真っ白で、なにをすべきかわからなかった。そのとき、対向車線を走ってきたイタリアの大型トラックのドライバーが、すばやく太いロープを投げて、こちらの車にひっかけ、トラックで引っぱり上げてくれた。おかげで車は無事、車道にもどることができた。ドライバーはにっこり笑ってトラックで走り去っていった。わたしたちは無傷だったが、車のドアはもげ、車体はデコボコ、電気系統も機能しないなかで、エンジンは無事だった！　堅牢だったフォルクスワーゲン・ケーファー（ビートル）と、あのドライバーへの感謝は今も尽きない。

訳者略歴　同志社女子大学英米文学科卒，ミュンヘン大学美術史学科中退，英米文学翻訳家，独文学翻訳家　訳書『謝罪代行社』ドヴェンカー，『惑星クラトカンの罠』マール＆ダールトン（以上早川書房刊）他多数

HM=Hayakawa Mystery
SF=Science Fiction
JA=Japanese Author
NV=Novel
NF=Nonfiction
FT=Fantasy

宇宙英雄ローダン・シリーズ〈509〉

ベッチデ人《じん》とハンター

〈SF2036〉

二〇一五年十一月二十日　印刷
二〇一五年十一月二十五日　発行
（定価はカバーに表示してあります）

著者　クルト・マール
訳者　小津《おづ》薫《かおる》
発行者　早川浩
発行所　株式会社　早川書房

郵便番号　一〇一‐〇〇四六
東京都千代田区神田多町二ノ二
電話　〇三‐三二五二‐三一一一（大代表）
振替　〇〇一六〇‐三‐四七七九九
http://www.hayakawa-online.co.jp

乱丁・落丁本は小社制作部宛お送り下さい。
送料小社負担にてお取りかえいたします。

印刷・信毎書籍印刷株式会社　製本・株式会社川島製本所
Printed and bound in Japan
ISBN978-4-15-012036-8 C0197